Nazuna Miki
三木なずな
Illustration
伍長
善人おっさん、
生まれ変わったら
SSSランク
人生が確定した
5

チョーセン
アメリア
令嬢メイドは、
みんな働き者!?

エリザ
アレク
リリィ

自分の手のひらを見つめる、
体の奥を感じ取る。

間違いない、今消費した魔力が回復したのだ。

「どうですか？」

ロータスが影の中から顔を出した。

「魔力が回復したけど、
どういうことなんだ？」

「魔力が……回復した？」

「それがぼくの能力。
魔法を使うと、魔力が
自動で回復するんだ」

「助けなきゃ」
『だよね』

私は再び飛び出した。さっきに比べるとナチュラルに私にしがみつくシャオメイを連れて襲撃の現場に飛んでいく。
「さあ観念しろ」
「くっ――」
女騎士が腰の剣に手をかけ、抗おうとする。そこに私が飛び込んだ。

Contents

ダッシュエックス文庫

善人おっさん、生まれ変わったら
SSSランク人生が確定した5

三木なずな

第十一章

01 ✦ 善人、皇帝メイドが当たり前になる

A good man, Reborn SSS rank life!!

「おはようございます、アレク様」

朝日の中目覚めると、頭上にアンジェの怜悧《れいり》な美貌が見えた。

先に起きたらしいアンジェは、すでに身支度を調《ととの》えて、背後に数人のメイドを従えている。

私は上体を起こし、軽く目を擦《こす》りながら、

「おはようアンジェ、昨日よりも綺麗になったよ」

「――っ！　あ、ありがとうございます」

アンジェは恥ずかしげながらも、嬉しそうな顔をした。

一方で彼女が従えているメイドたちは、全員が羨《うらや》ましそうな顔をした。

十三歳になった春、アンジェとの関係が少し変わった。

この歳だと、女の子は男の子よりも少しだけ早く大人になっていく。

アンジェも例外ではなく、ちょっと前までは私に起こされて「おはよーごじゃますあれくしゃま」と言っていたのが、最近は私よりも先に起きだすようになった。

そうして今のようにメイドを従えて私の朝の身支度を手伝うアンジェは、日に日に綺麗になっていった。

「いつも気遣《きづか》ってくれてありがとうございます、アレク様」

「ううん、思ったことを言っただけだよ。ここ最近のアンジェは一晩経《た》つだけで見違えるようだよ。僕と違って、成長が日に日に見える」

「アレク様はずっとおすごいですから」

「ありがとう」

アンジェにほめられながら、メイドたちに手伝ってもらって、身支度をする。

コンコン。

「だれ？」

ノックに応えたのは、私ではなくアンジェだった。

成長してきたアンジェに、私はいくつかのことを完全に任《まか》せることにした。

主《おも》に家の中のことだ。

私の正室にって決めてるアンジェ、家の中は全部彼女に任せることで、「格」を上げたり「箔《はく》」をつけたりしている。

この家の女主人はアンジェだよ（正しくはどうあってても母上だけどそれはそれとして）、と無言でアピールしているのだ。

そんなアンジェが訊《き》いた後に、ドアがゆっくり開かれる。

「お姉様！」

入ってきたのはエリザだった。

お忍びの皇帝、アンジェよりも遥《はる》かに大人びて、たまにゾクッとするくらいすごい色気を出すようになったエリザだ。

「いついらしたんですかお姉様」

大喜びするアンジェ。

女主人として少しずつ「らしく」なってきているアンジェも、エリザの前では可愛らしい妹に戻る。

そのギャップにほっこりする私。まだまだ保護者目線だ。

「ついさっき。お土産《みやげ》も持ってきたから後で渡すね」

「ありがとうございますお姉様！」

「それと――」

エリザは私の方を向いて、にやり、といたずらっぽい笑みを浮かべ。

「また何日かよろしくね、ご主人様」

「うん」

こっちには苦笑いで応《こた》えた。

だいぶ慣れてきたが、それでもメイドになるエリザにはちょっと苦笑いが出てしまう。

いつか慣れるといいな。

☆

「エリザはどうだい、アメリア」

書斎で執務をしていると、アメリアがおかわりの紅茶を持ってきた。

それで喉《のど》を潤《うるお》わせつつ、アメリアに聞く。

この春から、アメリアも少しだけ変わった。

屋敷のメイド長になったのだ。

こっちは父上からの提案だ。

屋敷のメイドは、はっきりと二タイプに分かれている。

古くからいる父上のメイドと、私と年齢が近い私のメイドだ。

アメリアをメイド長にすることで、徐々に家督《かとく》を私に譲るという意味合いがある。

父上のメイドたちも、屋敷のことからほとんど手を引いて、父上と母上の身の周りの世話だけをするようになった。

そのかわりが私のメイドたちだ。

もともと母上が止めていなければ私が生まれた日に家督を譲る勢いだった父上だ、むしろ遅かったと言える。

そんなメイド長のアメリアは、メイドの時のエリザの上司でもある。

「メイドとして文句のつけようがありません」

「へえ」

それはちょっと驚きだ。

「仕事も完璧ですし、ひとたびメイド服をまとえば完全にメイドとして振る舞います」

「へえ」

「相手が皇帝陛下と考えれば、こちらも失礼にあたる言動がありますが、メイドの間のことは一切不問にしてくださってます」

「すごく割り切ってるんだね」

「実際にご覧になりますか？」

「そうしようかな。ああでも仕事の邪魔をしちゃ悪いね……」

私は賢者の剣にそっと触れた。

付き合いの長いアメリアは何も言わずにじっと待った。

賢者の剣から使えそうな魔法を聞き出した私は、指を執務机の上でなぞって、魔法陣を描く。

完成した魔法陣は光を放ち、そこから手のひらサイズの、ぬいぐるみのようなものが出てきた。

「可愛い……」

体は目玉だけど、その目玉に手足がついている。

それがとことこと、たまにちょっとふらつきながら歩いている。

「す、すみません」

「いいよ。可愛いもんね」

「ごほん……それはどのようなものですか？」

「こんな感じだね」

今度は指を空中でなぞって、長方形の枠を描いた。

それも淡い光を放った後、映像を映し出した。

「なるほど、そういうことなのですね」

空中に浮かぶ映像と目玉の小人を交互に見比べて、頷《うなず》くアメリア。

一目ではっきりと分かる、空中のスクリーンに映し出してるのは目玉が見ている光景だ。

「うん、これで見てきてもらおう。行っておいで」

目玉はぺこりと頭を下げた。

腰はないけど、ちっちゃい子供が勢いよく体を折り曲げるような頭の下げ方だ。

そうした後、とたたたと駆けだした。

執務机の端っこまで行き、端っこにぶら下がってから机の足に飛びつき、短い手足でずるずると床に降りていった。

「やっぱり可愛いです……」

「仕草が愛くるしいよね」

ドアはアメリアが開けてやった。するとアメリアにもう一度ぺこり。

そうしてから任務に飛び出した。

戻ってきたアメリアとしばらくスクリーンを眺める。

景色はどんどん進み、やがて食堂にやってきた。

そこに何人かのメイドがいて、中にはエリザの姿もいる。

メイドたちは銀の食器を磨きながら、世間話をしていた。

『エリザちゃん、こっちはこんな感じでいい？』

『うん、ばっちし。あっでも最後は素手で触っちゃダメ、それだとご主人様たちが使うときに黒くなっちゃうよ』

『そっか、ごめんね』

「普通にちゃんとしているね、他のメイドにアドバイスまでしてるし」

「仕事の飲み込みはすごく早いです。正直皇帝にしておくのがもったいないくらいです」

「それはなんだか言葉がおかしいね」

指摘して、アメリアと笑い合った。

アメリアはこういう話では冗談だと分かる。

これがもし父上たちを相手に同じ台詞《せりふ》を言ったら、本気で「私のメイド＞帝国皇帝」と疑わざるを得なくなる。

『ねえミリア、この前言ってたあれはどうなったの？』

『もちろん断ったよ。あたしはずっとアレク様のところでメイドをするって決めてるもん』

『もったいないなあ、プロポーズしてきたの、すっごい金持ちの商人なんでしょう。しかもまだ若いし』

『じゃあコレットは受けたの？』

『ううん受けない』

もったいないと指摘したコレットというメイドが、自分ならという返しにあっさりと首を振った。

『アレク様のメイド以上の幸せがあるわけないじゃない』

『でしょー』

「との、ことです」

「嬉しいね、ちょっと恥ずかしかったりも」

「メイドたちの偽《いつわ》らざる本音です」

それはまあそうとして。

うん、どうやらエリザは上手《うま》くやってるみたい、何よりだ。

『ちょっと、あなたが新入りのメイドね』

「うん？」

別の少女の声が割り込んできた。ちょっとした剣幕だ。

目玉が移動してくれたのか、スクリーンはちょっと引いて、仕事をしてたエリザたちと、入ってきた少女が両方収まる光景に変わった。

入ってきたのもメイドだった。

『あなたは？』

『あたくしのことを知らないの？　オーイン公爵《こうしやく》の長女、チョーセンよ』

高飛車そうな少女だった。

アメリアの方を見ると、彼女は頷き。

「先日オーイン公爵家から来ました公爵令嬢です。性格は……ご覧の通りです」

少し難しい顔をしたアメリア。

それだけでいろいろと察した。

スクリーンを再び見る、私は吹き出しそうになった。

公爵令嬢を笠《かさ》に着て威張るチョーセン、その相手が実は皇帝だというのが、ここ数年見た中で一番の喜劇だ。

　相手がエリザじゃなかったら悲劇に早変わりしてただろうな。

『そのチョーセンさんが、私に何か用』

『あなた、あたくしのグループに入りなさい』

『グループ？』

『ええ。こんなところでもなければ、普通はあなたのような子とは関《かか》わることすらない身分なのよ。それをグループの一員に加えてあげるのだから、運命の巡り合わせに感謝しなさい』

「えっと、つまり……」

「派閥《はばつ》を作ろうとしているようですね」

「こういうことってよくあるの？」

「公爵様のご息女にはたまに。来たての頃はやはり家柄をそのまま持ち込んでこられる方が多いです。男爵《だんしゃく》様のご息女がたは逆に最初から素直です」

「なるほどね」

　私は苦笑いした、スクリーンの中でもエリザが苦笑いやら呆《あき》れやらの顔をしている。

『悪いけど、興味ない』

『何ですって』

　チョーセンは眉をビクッとつり上げた。

『運命の巡り合わせを感謝するのはそっち。せっかくアレク様のメイドになれたんだから、お山の大将とかやめてアレク様に奉仕することだけ考えなさい』

『お山の大将ですって？』

キィィィ！　とムキになるチョーセン。

せっかくの綺麗な顔が台無しだ。

「どうなさいますか」

「うーん、何もしなくていいんじゃないかな」

私はそう言って、スクリーンを消した。

「あの程度の権力争いなんて、エリザからしたら子供の遊びでしかないよ」

皇帝が住む、王宮の中の権謀術数《けんぼうじゅつすう》に比べれば、ねえ……。

何もしなくても、エリザが自分でどうにかするだろう。

たとえ自分をメイドに規定しても、皇帝の権威を封印したとしても。

あの程度のこと、どうということはない。

「かしこまりました。それよりもすごいですね」

「なにが？」

「エリザ様の『アレク様』はすごく自然でした。そう思っていないと出ません」

「あぁ……」

「エリザ様にそこまでさせるアレク様は本当にすごいです」

そうかな、女の人は演技が上手《うま》い、とかそういうことじゃないのかな。

「いいえ、違いますよ」

まるで私の心を読んだアメリアが、きっぱりとそれを否定してきたのだった。

02 ✦ 善人、倒せなかった敵にリベンジする

A good man,Reborn SSS rank life!!

次の日、領地から上がってきた報告書で気になる点があったので、実際に現地に行って確認しようと思った。

それで書斎から廊下に出ると、少し離れたところにメイドたちが集まってて、なにやらもめていることに気づいた。

私は近づき、声をかけた。

「どうしたんだい」

「あっ、アレク様！」

メイドの大半がびっくりして振り向いた。

よく見ればメイドの中にエリザもチョーセンもいる。

皆でチョーセンを取り囲んでいる、という構図だ。

「この空気は穏やかじゃないね。どうしたんだい？」

「アレク様」

大半のメイドが気まずそうに口を閉ざす中、エリザだけが毅然《きぜん》として答えた。

こうしている時は皇帝ではなくメイドであると自《みず》らを規定しても、中身は一国を統《す》べる決断力のある皇帝陛下だった。

「うん、どうしたんだい？」

「封印の袋が紛失しました」

「封印の？」

「ローカストの封印です」

「――っ！」

顔が強《こわ》ばったのが、自分でも分かった。

ローカスト。

かつて討伐《とうばつ》を頼まれながらも、倒しきれなかった相手。

多分、私の人生の中で唯一《ゆいいつ》「倒せなかった」相手だ。

攻撃がまったく通じなかったので、私の魔力によってほぼ無限の容量がある袋に閉じ込めた。

その後新しい袋を作って、あの袋を「封印」だとして屋敷に保管するようにした。

今の今まですっかり存在を忘れていたけど。

「それがなくなったというの？」

「その通りです」

エリザは頷《うなず》いたあと、チョーセンを見た。

メイドたちも一斉にチョーセンを見た。

どうやらチョーセンがやらかしたみたいだ。

「国父《こくふ》様……」

「屋敷の中でそこまでかしこまらなくていいよ。で、どういうことなの？」

「あ、あの女が悪いのですわ！」

一瞬気後《きおく》れしたように見えたチョーセンは、すぐに立ち直って、ビシッとエリザを指しながら大声でまくし立てた。

「あんな小汚い袋がそんなに大事な物だと教えなかったあの女が悪いのですわ」

一方で、まくし立てられたエリザは平然としていた。

「教えてなくても、ご主人様の持ち物を勝手に処分する権限がメイドにはないわよ」

エリザの反論に周りのメイドたちがうんうんと同意した。

それを見て、チョーセンはますます意地っ張りになった。

「だ、だって汚かったんですもの。あんなの国父様の屋敷にあること自体が間違いですわ！」

「ちょっとあんた！」

「そんな理屈で自分は悪くないって言いたいの？」

他のメイドたちが見かねて、チョーセンを糾弾《きゅうだん》しだした。

「うん、話は分かった」

収拾がつかなくなる前に私が止めに入った。

私の一言でひとまず静まりかえって、全員がこっちを見た。

「責任を追及するよりもまずは解決。ローカストならなおのこと。エリザ――じゃなくてアメリア」

思わずエリザに話を振りかけたが、とっさにやめて、少し離れたところの「メイド長」を呼んだ。

「はい、アレク様」

「彼女の処罰はアメリアに任《まか》せる。相応のね」

「相応と言いますと。主《あるじ》の財産を勝手に処分した。この場合金銭面で換算するので、三日の食事抜きとなりますが」

それでいいの？　と目で聞いてくるアメリア。

「相応に任せるって言ったよ」

「かしこまりました。では、チョーセン・オーイン。処分は今言ったとおりです」

「何ですって!?　このあたくしが食事抜きですって？」

「あなたも」

アメリアはじろりとチョーセンを睨《にら》んだ、それだけで彼女は気圧《けお》された。

「あなたも高貴な生まれなら、主の全権委任という意味が分かるはず」

アメリアの言うとおりだ。

この場合、「全部任せた」という言葉は、この一件においてアメリアの発言は私の発言と同等の力を持つ——与えるという意味だ。

公爵《こうしやく》令嬢ならばその意味が分かるはず、とアメリアは言ったのだが。

「そんなの知りませんわ！　とにかく何も言わなかったあの女が悪いのですわ！」

チョーセンの反応は予想外だった。

しかも意地っ張りとかじゃなくて、本気でそう思っているみたいだ。

「はあ……」

アメリアはため息ついたが、私の方は見なかった。

全権委任された以上、ここはアメリアが責任を持つ。

メイド長として、メイドの処遇を決める。

アメリアは、私の言葉の意味をよく分かっていた。

だから私はきびすを返して歩きだした。

ここにはもう私のやるべきことはない、全部アメリア——メイド同士に任せる。

私は、ローカストの行方《ゆくえ》を追うことにした。

☆

場所はすぐに分かった。

追跡の魔法をかけて、それを追いかけてくると、街郊外の、カーライル家が所有しているゴミの処理場にたどり着いた。

ゴミの処理は私が手をつけた領内改善の一つだ。

元々、ゴミ処理は魔力のない者がする仕事だった。

私はそれをカーライル家で受け持って、高ランクの魔道士を雇った。

魔力のない者がやると火をつけて自然に燃やしたりするしかないが、それは空気を大きく汚す。

高ランクの魔道士が強力な炎で燃やせば、燃えかすも煙を出さずに処分できる。

煙は人の健康や農作物に悪い影響を与えるから、数年前からこうした。

その、カーライル家所有の処理場にやってきた。

高く積み上げられたゴミの山は瘴気《しょうき》を発している。

そしてその周りに人が倒れている。

「大丈夫⁉」

駆けよって、そのうちの一人を抱き起こす。

青年は意識がなく「うぅ……」と時折呻《うめ》くだけ。

瘴気に中《あ》てられたが、当面は大丈夫。

そう判断した私は男を魔法で遠ざけた。

ゴミの山の周りに結界を張り、その中に足を踏み入れる。

ボコ……ボコッ……。

ゴミの山はところどころに沼のようになっていて、泥の底から気泡がボコボコ出ている。

気泡が出た瞬間、そこが崩れ落ちてへこんでいく。

「瘴気がゴミを溶かしているんだね」

どうしてなのかはだいたい想像がついた。

ゴミなんて、運ばれてくる間は乱暴に扱われて当然だ。

袋類ともなれば、途中で破けないほうが難しい。

ローカストを封印した袋も、途中で何かで破れたんだろう。

そこから瘴気が噴き出して、上に積まれているゴミを溶かしている。

数年前の再現だ。

通っただけで全てを溶かし尽くす、存在しているだけで害をまき散らす存在。

災害級のモンスター、ローカスト。

私は背負ってきた賢者の剣を抜き放って、構えた。

ボコ……ボコ……。

沸騰《ふっとう》したような穴が徐々に多くなって、やがてボコッッッ！　って感じで真ん中から大きくへこんで、蟻地獄のように残ったゴミが吸い込まれる。

グオオオオオン!!!

そこからローカストが現れた。

地獄の底から這《は》い出るかのように、まずは上半身が出てきた。

ここで止める！

ローカストの体が出てくるのと比例して、瘴気の量も増えていく。

まだ半分しか出ていないこのタイミングで叩くしかない。

神格者の能力、神の魔力をヒヒイロカネの刀身に通して、増幅する。

「はあああ！」

跳躍して、真っ向から斬《き》りかかる。

ゴッ！　何かものすごい硬い物を斬ったような、そんな感触と音。

ぎょろり、とローカストがこっちを見た。

濁った目の視線に導かれるかのように、瘴気の塊《かたまり》を私に飛ばしてきた。

賢者の剣で防ぐ、しかし瘴気は剣ごと私の体を空中に押し上げた。

「やっぱりダメか？」

（否《いな》）

賢者の剣の意志が伝わってきた。
どういうことなのかとよく見たら、今し方斬ったところにヒビが入っている。
数年前にはどうやってもつけられなかった傷だ。
「そっか、効くようになったんだ」
「まったくダメ」なのと、「あまり効かない」では天と地ほどの差がある。
「あまり効かない」というのは、少しでも効いているということでもある。
つまりは「無」と「有」の違いだ。
それは、私に自信を与えた。
倒せる、という自信を。
「裁《さば》きの雷《いかずち》」
つぶやき、空中で賢者の剣を掲《かか》げる。
私の神力に呼応して、空がくろめき、極大の稲妻がうなりを上げて落ちてくる。
それを賢者の剣で受け止め、留《とど》めて、増幅して。
賢者の剣がバチバチと帯電し、刀身がかつてないほど煌《きら》めいた。
「これで！」
虚空《こくう》を蹴って急降下、ローカストに向かって突進。

迎撃の瘴気をかいくぐる。

さっきつけたヒビとまったく同じ箇所に、稲妻の剣を叩き込んだ。

大地が震え、空が割れた。

そして――

☆

屋敷に戻ってくると、『父上と愉快な仲間たち』の主要メンバー、父上・ホーセン・ミラーの三人が酒盛りをしていた。

「帰ってきたのかアレク」

「昼間から呑んでるんですか父上」

「うむ、宴《うたげ》だ」

宴？

「ほら、俺の言った通りだろ？　義弟《おとうと》の戦いに俺らが出ていったって邪魔にしかならねえ」

「かかか、砂かぶりで観戦はしたかったのじゃがのう」

な、なるほど。

つまりはいつも通りのあれってことだ。

「アレクの歴史的勝利に乾杯！」

「乾杯！」

「乾杯じゃ！」

まったく、いや別にいいのだけれど。

「うん？　それよりも義弟よ、その抱《かか》えてるものはなんだ？」

「卵……のようじゃが」

宴会に盛り上がりすぎて、だいぶ遅れて私が抱えているものに気づく三人。

十三歳の私が両手で抱えているほど巨大な卵に、今更気づいたのだ。

「ペットを飼うのかアレク」

「いえ、そうではありません父上」

私は自分が持っている卵に視線を落として、自分でも分かるほど困った顔をした。

「ローカストの卵です。どうやら倒されれば転生する生態のようです」

「「「……おおおお‼」」」

さて、この卵はどうしたものかなあ。

03 ◆ 善人、宿敵を浄化する

A good man,Reborn SSS rank life!!

ローカストの卵を書斎に持ち帰って、机の上に置いて、それとにらめっこしていた。

倒したと思ったら、思わぬ難題が降りかかってきた。

まさか割ってしまう訳にもいかないだろう。

さてどうしよう、と頭を悩ませていると。

コンコン、とドアがノックされる。

「どうぞ」

「失礼します」

私が応じるとメイド長のアメリアが入ってきた。

アメリアが来たことで、私はひとまず頭を切り替えることにした。

「お疲れアメリア。彼女はどうなった？」

チョーセンのことを訊《き》いた。

ローカストのことのそもそもの元凶であるチョーセンの処分を、メイド長のアメリアに任《まか》せていた。

彼女はそれを報告しに来たはずだから、こっちから促《うなが》してあげた。

「駄々をこねています」

「そうなんだ」

「ことあるごとに『わたくしを誰だと思ってますの』と発言してましたので、当面は話が通じないかと」

「どうにかなる？」

「いいいしました」

アメリアがはっきりと言い放つ。

メイド長に命じてから、彼女も急速に成長していってる気がする。

今や、貫禄《かんろく》すら感じる。

「エリザ様の身分を明かす訳にもいかず、何よりも逆上する恐れがありましたので。同じく公《こう》爵《しゃく》令嬢であるエリザベス・ゴールデンエイジに執行役を命じました」

「ふむふむ」

「こちらは名を明かして互いに名前は知っていたようです。家柄を持ち出しても双方公爵家でまったくの同格でございます」

「何人かをエリザベスのフォローにつけてね、万が一の時のために。表に出るのは彼女でいいから」

「承知いたしました。アレク様のご命令とあらば、みんな競うように手を上げることでしょう」

「そうなの？」

断らないのは分かるけど、競うようにってのはちょっと意外。

「メイドは主《あるじ》に絶対服従、いえ、命令があることを至上の喜びと感じます。主がアレク様とあればなおのことです」

「そっか」

頷く私、話の内容は分かった、追加の指示も出した。

チョーセンの一件は、これで終わりだ。

その報告をすませたアメリアの表情に、わずかに影がさしているのが気になった。

「どうしたのアメリア？」

「……複雑です」

「何が？」

「これで良かったのか、というのと、このままでも大丈夫、という気持ちが複雑に絡《から》み合ってます」

「どういうこと？」

「アレク様にメイド長を任されていながら、メイドの一人も管理出来ないのが不甲斐《ふがい》ないです」

「そっか。気にしないで。ああいう人もたまにいるよ」

「ありがとうございます」

私の言葉で、少しだけ表情が明るくなったアメリア。

「このままでも大丈夫というのは？」

アメリアは威張ったような、どこかさげすんだような表情をした。

「あの程度のわがまま娘一人、しでかせることなどたかが知れてます。アレク様ならばびくともしません」

アメリアは机の上に置かれている、ローカストの卵をちらっと見ながら言った。

「なるほど」

今度はこっちが複雑な心境になった。

そこまでの信用なら、応《こた》えねばと身が引き締まる。

「じゃあ、後は任せたよ。必要な時は意地を張らないですぐに僕に言ってね」

「ありがとうございます！」

アメリアは嬉しそうに、一礼して書斎を出ていった。

一人になって、再びローカストの卵と向き合う。

アメリアに期待されたからってわけじゃないが、これも上手《うま》くなんとかしないと、と改めて思うようになった。

「あっ」

声が漏《も》れた。

まるで、私の意気込みに触発されたかのように、卵が机の上でびくっ、びくっと揺れた。

震えるように揺れたあと、殻《から》がビシッと割れはじめた。

やがて、卵が完全に割れて、中から――

「……子犬？」

下半分だけになった卵の殻の中に、子犬のような生き物がいた。

よく見ればローカストの面影《おもかげ》がある。

これが数百倍に大きくなればあのローカストになる、となんとなく想像がつく。

「それに、やっぱり瘴気が」

「――っ！」

私がつぶやいた瞬間、子犬――ミニローカストはビクッと体を震わせた。

「言葉が分かるの？」

――ぷるぷる。

ローカストは怯《おび》えたように首を振った。

私の――いや人間の言葉が分かるのはあきらかだ。

その姿は、とてもあのまがまがしい破壊の権化《ごんげ》には見えない。

だから私も、やさしく語りかけた。

「大丈夫、ひどいことはしないよ」

ローカストはのけぞった。

それで卵の殻の中から転がり出して、机の上でぐるんと一回転した。

ローカストは体勢を立て直すと、

「あ、ありがとう」

と、おずおずしながらも言ってきた。

「どうしてお礼を言うの？」

「覚えてるから。あの僕を止めてくれてありがとう」

「ああ、記憶もそのまま持ち越しなんだね」

神格者の力を使う。

ローカストの魂を見る。

確かに、魂の色は以前と一緒だ。

ああいうモンスターに生まれ変わらせる場合、複数回の転生で徐々に魂が浄化されていくものだが、ローカストの魂の色は変わらない。

まったく変わっていない。天界を通しての転生ではないようだ。

「うん、覚えてる——全部」

「え?」

ローカストの「全部」という言葉に重みがあった。

責任が積み重なってきた、そんな重みが。

「僕は、このままだとまた人間さんに迷惑をかけてしまう……嫌われてしまう」

「大丈夫、そんなことはない」

「昔、みんなそう言ってくれた」

ローカストは泣きそうな顔で言った。

昔。

前のローカストがまだ小さかった頃、同じように手を差し伸べた人がいるんだろうか。

そして、それが過去形ということは――

「でも、僕が大きくなってしまうと、結局は」

「……」

「だから……ありがとう!」

ローカストはそう言って、机を跳び降り、ドアを体当たりで開けて、外に飛び出した。

「待って!」

私はそれを追いかけて、廊下に飛び出した。

短い四本の足で必死に逃げるローカスト、その先にメイドの集団がいた。

最近やってきた、令嬢メイドの面々だ。

「みんな！　その子を止めて！」

「ご主人様⁉」

「止めればいいのですね」

「捕らえます！」

私の声が届くと、不思議そうにしながらも、メイド全員で、ローカストを捕まえた。

逃げようとしたが、子犬程度の短い手足と同等の運動能力では逃れられず、ローカストは捕まえられてしまう。

しかし。

「きゃっ！」

「メイド服が溶けた！」

「ああっ、下着まで！」

ローカストの体が常時放っている瘴気。

メイドたちが捕まえるために密着しているので、メイド服があっちこっち溶けて、あっという間にあられもない姿になった。

「放して、このままじゃみんな」

「放しませんよ」

「うん、ご主人様の命令ですし」

「は、恥ずかしいですけど」

「えっ……」

きょとんとなってしまうローカスト。

瘴気に服を、そして肌もじりじりと灼《や》けているはずなのに、それでも離そうとしないメイドたちに困惑《こんわく》した。

その間に私が追いついて。

「ありがとう、みんな」

そう言って、メイドたちからローカストを受け取った。

「嬉しい！」

「ご主人様のためならこれくらいのこと！」

「命さえも惜しくありません！」

それはそれでどうなのかと思いながら、私はそっと目をそらしつつ、魔法で彼女たちのメイド服を直し、わずかなやけども癒《い》やした。

そうして、ローカストを見る。

「どうして……」

「僕は、何があっても君を投げ出さない」

「えっ……」

「私たちも！」

「ご主人様の命令ならなんでもします！」

「よく分かりませんけど任せてください！」

メイドたちから心強い声援が届いた。

私たちの言葉を聞いてきょとんとしたローカストは、やがてぽろっ、と涙をこぼした。

「君は、心がやさしいんだね」

「ううん、そんなこと」

「あるよ」

自分を否定する言葉を遮った。

それは、もう口にもさせない方がいいと思った。

「体はこうだけど、心はすごく綺麗だ。そんなふうに僕たちのことを心配してくれるんだから」

「……」

「でも、名前が良くないね。せっかく卵から生まれ変わったんだから、新しい名前をつけよう」

「あたらしい……名前？」

私は少し考えて、それから言った。

「ロータス。古い言葉で『蓮《はす》の花』を意味する言葉だよ」

「ロー……タス？」

「知ってる？　蓮の花って泥水の中でしか育たないんだ。綺麗な水だと、まっすぐ育たないで水の中にいつまでも沈んでしまう」

「泥水……」

「でもね、咲いた花は決して泥に染まらないくらい綺麗。まるで君の心のようだ」

「……」

「だから、君は今からロータスだよ」

名前をつけることに意味がある。

そして、神格者である私が、（ひっそりと）儀式とともにつけた名前はより効果を持つ。

次の瞬間、ロータスの体が光を放ち。

瘴気が、ピタッと止まったのだった。

04 ✦ 善人、永久機関を手に入れる

A good man,Reborn SSS rank life!!

メイドたちにお礼を言って、仕事に戻るように言いつけてから、私はローカスト改めロータスを連れて、書斎に戻ってきた。

「あの……」

「うん？」

部屋に入ってドアを閉めるなり、ロータスがおずおずと声をかけてきた。

部屋の中に振り向くと、先に入ったロータスが床にやっぱり子犬のように座って、伏しがちな上目遣《うわめづか》いで私を見つめていた。

「どうしたの？」

「ありがとう。ぼくを助けてくれて」

「気にしないで。それよりも体の調子は？　どこか変なところはない？」

「大丈夫……あの」

「うん？」

ロータスは意を決した様子で、今度は顔を上げてまっすぐ私を見た。

「何かぼくに出来ることはありませんか?」

「出来ること?」

「ご恩を返したい、です」

「……そっか」

そんなことする必要がない、と言っても納得しないんだろうな。

前世ロ―カストの記憶があるのならなおさらだ。

あれはまさしく厄災《やくさい》。

存在するだけで周りに災いを振りまく存在だった。

ロ―タスの心は今「恩返し」を切り出すような、本来やさしいものだ。

あの頃の自分に苦しんでいた。

だからこその恩返し。

そんなことする必要はない、という返事はきっと逆に気に病《や》む――病み続けるだろう。

私は少し考えて、言った。

「じゃあ一つお願いしようかな」

「なんですか!?」

前のめりになるロータス。

「その前に下準備ね。あの机の上に登って待ってて」

「はい！」

詳細は一切聞かされてないのにもかかわらず、ロータスはまったく迷いのない、意外にも俊敏《しゅんびん》かつ器用な動きで机の上に登っていった。

それを見た私は、素材袋に手をかける。

――びくっ！

ロータスがビクッとした。

体を小さくして、怯《おび》えているような仕草をする。

「大丈夫、これは確かに君を封印した袋と同じものだけど。そういう目的で使わないから」

「は、はい……もしもそれが――」

「そうするつもりなら君に名前をつけたりしてないよね」

「……はい」

ロータスは目を伏せた。

嬉しそうで、申し訳なさそうで。

そんな複雑な表情だ。

私は改めて素材袋の中に手を入れて、中でホムンクルスを作って、そのまま取り出した。

ロータスとサイズだけ似せた、子犬型のホムンクルスだ。

それをロータスの横に置く。

それを不思議そうに、しかしさっきまでの警戒心は完全に吹き飛んだ目で見つめるロータス。

「ぼくはどうしたらいいんですか？」

「じっとしてて。大丈夫、下準備で、すぐに戻すから」

「はい」

ロータスは素直に頷《うなず》いた。

私はハーシェルの術を使った。

ロータスの魂をいったん肉体から剝《は》がしてホムンクルスの中に入れて、すぐに元の肉体に戻してあげる。

「あれ？　戻っちゃいましたけど」

「これでいいんだ。いったん交換するのが条件だからね」

私はそう言って、今度は短刀を取り出した。

「次はこれ」

「刀、ですか？」

「これを使って僕の影を斬《き》って。斬ったらそのまま中に入って」

「よく分かりませんけど……」

ロータスは小さく頷き、短刀を口でくわえて受け取った。

机からひょいと飛び降りて、私の影を斬って、中に入る。

これで良し。

しばらくして、ロータスが顔だけ出してきた。

「あの、これ……ものすごくすごいですけど、ぼくは何をすれば……」

影に入った者特有の語彙力《ごいりょく》の低下をスルーして、説明をしてあげた。

「中にいればいいんだよ。中にいて、キミに何か特殊能力があれば僕が使えるようになる」

「特殊能力ですか？」

「ドロシー」

呼びかけると、ドロシーはロータスの横から上半身だけ出してきた。

ドロシー本人が魔眼をロータスに向けて使い、その後ドロシーが私の影に潜《もぐ》ったあとで私もロータスに同じ魔眼を使った。

魔眼の効果、相手を金縛《かなしば》りにする。

ロータスは二度、表情の変化から金縛りを体感しているのが分かった。

「こんな感じ」

「ほわ……」

「つまり僕の影に入ってくれてるだけで役に立つんだよ」

「分かりました！」

話を理解したロータスは大いに喜んだ。

影に入ってるだけって聞いた時はまさしく捨てられそうな子犬の目をしていたが、実際にドロシーと私の魔眼を立て続けに受けたことで、影に入っていればそれだけで——というのを納得してくれた。

「そういえば」

「はい？」

「キミの能力ってなに？　あの瘴気は体質で、能力とかとはちょっと違うよね」

というかあるのかな、って言葉は呑み込んだ。なかったら傷つくかもしれないから。

「はい！　魔法を使ってみてください！」

ロータスは嬉しそうな表情のまま言って、私の影の中に潜った。

よく分からないが、魔法を使ってみよう。

机に向き直って残されたホムンクルスの肉体に手をかざす。

とりあえず……物質変換の魔法を使ってみよう。

ホムンクルスの子犬が、たちまち黄金の子犬に変わった。

魔法を使った次の瞬間、私の体が淡く光った。

体の中——芯《しん》ともいうべき奥の奥から発してきたような、淡い光。

同時に体感した。

「魔力が……回復した？」

自分の手のひらを見つめる、体の奥を感じ取る。

間違いない、今消費した魔力が回復したのだ。

「どうですか？」

ロータスが影の中から顔を出した。

「魔力が回復したけど、どういうことなんだ？」

「それがぼくの能力。魔法を使うと、魔力が自動で回復するんだ」

「魔法を使うと魔力回復？」

「うん、どんな魔法を使っても総魔力量の一割回復するの。……昔はそれで、止まりたいのに止まらなくて……」

「なるほど、上手《うま》く使えば永久機関だもんね……」

私は再び自分の手のひらを見つめた。

魔法を使うと魔力が一割回復。

ロータス《ローカスト》の能力は、これまでの中でも群を抜いて強力なものだった。

05 ✦ 善人、無限自動レベルアップする

A good man,Reborn SSS rank life!!

庭でテストをした。

モリソン山モチーフの大岩、修復されて以来、本来の役割である景色の一部としてそこに居続けたが、またテストに付き合ってもらうことにした。

大岩に手をかざして、物質変換の魔法を使う。

人も登れるが意外と体力が必要な大岩が黄金に変わった。

私の体から淡い光が放たれた。

魔力が回復した。

手をかざしたまま、さらに物質変換の魔法。

黄金の大岩が、今度は白銀に変わった。

さらに光が放たれて、魔力が回復。

今度は白銀を鉄に変えた。

鉄の次は銅、銅の次は元の岩に、そしてまた黄金と。

物質変換の魔法をループさせた。

魔法を一回使うたびに、魔力が総魔力量の一割回復する。

物質変換の魔法は消費が一割以下だから、延々と、無限に魔法を使い続けられる。

消費一割以下の魔法——九九・九九パーセントの魔法がそうだが——は、事実上無限に使い続けられる。

物質変換の耐久ループを、その場でし続けた。

朝起きたところで始めて、太陽が真上に来る頃になっても、私の魔力は満タンのままだった。

これはかなり強い能力だ。

SSSランクの私であっても、あらゆる能力が「高い」だけで、「無限」ではなかった。

無限というのはまた別のステージだ。

「……これって、もしかして」

頭の中であるひらめきが浮かび上がった。

ひらめきを一度形にまとめて、賢者の剣に可能性を問う。

可能性はある、という返事が返ってきたが、前例がないため確実にとは言い切れない、という返事が返ってきた。

「でも、理論上はいけるよね」

ならば、と。

私は試すことにした。

☆

モリソンの大岩を元に戻してからその場を離れ、カラミティを訪れた。

屋敷の一角で静かに眠っているカラミティ。

帝国の守護竜は、空の王カラミティ。

彼はこの屋敷に来てから穏やかな日々を過ごしている。

「カラミティ」

「主《あるじ》……私に何か用か？」

「うん、また体の一部をもらいたいんだけど、いいかな」

「喜んで」

カラミティは即答した。

迷いとか一切なかった。

「何をご所望《しょもう》だろうか」

「鱗《うろこ》を一枚」

「承知」

カラミティは鋭い爪《つめ》で、器用に自分の鱗を一枚剝《は》がして、私に差し出した。

それを受け取った。

竜の鱗、光に当ててると微《かす》かに虹色に輝いて見える。

それにこうして持ってみると、ただの鱗なのに内包する魔力が相当なことが分かる。

「……」

カラミティは沈黙したまま何も話さないが、目はじっと私を見つめている。

好奇心に満ちた目だ。何をするのか、というのを知りたくてたまらないって目だ。

「これでちょっとしたアクセサリーを作るんだ。そうだ、カラミティ」

「なんだろうか」

「僕に似合うアクセサリーって何だと思う?」

「主に……女?」

「そういうホーセンみたいなのはいいから」

私は苦笑いした。

ホーセンの豪傑《ごうけつ》理論。男は酒と汗と女の匂《にお》いをひっつかせてなんぼだ、みたいな話をされた記憶がある。

カラミティの「女」というのはそれにすごく近いニュアンスを感じた。

「そうじゃなくて、一般的なアクセサリーという意味で」

「むぅ……」

空の王はしばし頭を悩ませた後。

呻《うめ》くカラミティ。

「すまぬ主、私には知識の範囲外のようだ」

「そっか。しょうがないよね。男同士、そういうのはよく分かる」

私も自分でもよく分からないからカラミティに訊《き》いたくらいだ。

自分に似合うアクセサリー。

イヤリングはなんか違う気がするし、チョーカーも違う。

ネックレスは普段見えないようにするからダメで、指輪はまずアンジェとのものをつけたい。

アクセサリー類の発想がそもそも少ない上に、あれこれと否定していったらなにもなくなった。

ちなみにこの場合賢者の剣も役に立たない。

あらゆる知識はあっても、「何が一番似合う」という判断力を問われるものには弱いのが賢者の剣だ。

「主は、その剣を振るっている最中がもっとも輝く」

意識が賢者の剣にいって、それをちらっと見たのを気づかれたのか、カラミティがそんなことを言ってきた。

「そうなの？」

「疑う余地もなく」

これまた即答で肯定《こうてい》してきたカラミティだった。

「そっか……賢者の剣か……」

私は少し考えた。

確かに賢者の剣はいつ、いつも持っている。

アクセサリーにこだわったけど、賢者の剣でも同じことが出来るじゃないか。

「ありがとうカラミティ」

「恐悦《きょうえつ》」

「じゃあ賢者の剣にするよ。上に被《かぶ》せるって感じでいいのかな」

そう言いながら、賢者の剣を抜き放つ。

刀身に、もらったばかりのカラミティの鱗をそっと当てる。

魔力を込める。

鱗が少しずつ溶け出して、賢者の剣と融合していく。

鱗が完全に刀身をコーティングした後、指でなぞって、魔法陣を描く。

術式が発動して――。

「光った……否《いな》、変化する？」

「うん」

頷《うなず》く私。

賢者の剣は今までヒヒイロカネ特有の輝きを放っていたが、カラミティの鱗でコーディングした後は変わった。

一秒間隔で光を放って点滅し、虹のようにその色合いが徐々に変化していく。

「ふっ」

剣を軽く振ると、刀身が残光を曳《ひ》いていた。

「上手《うま》くいったね」

「お見事」

「見た目もいいけど、カラミティなら何か感じることがあるはずだけど?」

「……魔力、であるか?」

「そっ」

にこりと微笑む私。

「この見た目の効果は、『自動的に所持者の魔力を消耗《しょうもう》して維持する』ものなんだ」

「自動的に」

「一秒ごとに一割消耗」

「それでは十秒も持てば虚脱状態に」

「うん、でも僕は今、魔法使用で魔力回復の力を得ているから。使うたびに一割回復」

「差し引きゼロ、永久に持てるという訳か。さすがは主。そして——さすがは主」

同じ言葉を二度言ったカラミティ。

さすがカラミティ、気づくのが早い。

魔力と筋力って実はかなり同じものだ。

使えば使うほど、鍛えられて向上していく。

魔力回復と、自動消費。

この二つの組み合わせで、私は、常に筋トレならぬ、魔トレをしているような状態になった。

06 ◆ 善人、かっこよさがメーターを振り切る

父上の執務を出て、書斎に戻る。

領地のことで父上に確認することがあった。

相変わらず私をものすごく持ち上げてくるが、領地の統治に関してはまともな父上だ。

その指示をもらって、私の書斎に戻って、命令を出そうとする。

その途中。

廊下を歩いているだけで、やたらと視線を感じた。

「……」

「……」

「……」

すれ違ったメイドたち、物陰に潜《ひそ》むメイドたち。

私と遭遇したメイドたちは、全員、無言でうっとりとした目で私を見つめていた。

「どうしたんだろ」

「それはねご主人様」

　いきなり背後から声をかけられて驚く私。

「びっくりした。エリザじゃないか」

　そこにいたのはメイド姿のエリザだった。

　他のメイドたちと違って、エリザはいつも通り話しかけてきた。

　といってもメイド姿の「いつも通り」だけど。

「それはねって、どういうことなの？」

「みんなご主人様に見とれてるからだよ」

「僕に？」

「うん。ほらそれ」

　エリザはすぅと手を伸ばして、私が背負っている賢者の剣を指した。

　出歩いている時は常に背中に背負っている、今や相棒になってる賢者の剣。

「これ？」

「光ってるそれ、ご主人様が歩くと光を曳《ひ》いて、残像を残して進むんだ」

「ふむふむ、そういえば」

　自動魔トレの副次的な効果で、賢者の剣はエリザが話したような見た目になった。

「タダでさえ格好いいご主人様なのに、ますます格好良くてメイドたちがみんな見とれてたってこと」

「はあ」

周りを見る。

そう言われると、確かにそれっぽい反応だ。

物陰や曲がり角に隠れたり、窓を拭《ふ》くそぶりをしつつ私をちらっと見たり。

メイドたちは、エリザの言うような「見とれてる」表情をしてる。

悪い気は、しなかった。

「そうだ、ご主人様、はい」

「これは？」

エリザが封書を一通差し出してきた。

受け取って、裏を見る。

皇帝、エリザベート・フォー・シーサイズの印で封がしてある。

「皇帝陛下からご主人様にだよ」

「君じゃないか」

「なんのこと？　私はただのメイドだよ」

すっとぼけるエリザ。

あくまで自分は皇帝じゃないって言い張りたいみたいだ。

まあ、別にいいんだけど。

私はエリザの目の前で、皇帝陛下の封書を開いた。

「鷹狩《たかが》りを、開く？」

「うん」

満面の笑顔で頷《うなず》くエリザ。

いや最後まで設定こだわろうよ、と私は苦笑いしたのだった。

☆

鷹狩りとは、貴族の遊びであり、社交の場でもある。

その名の通り、かつては狩猟性の高い鷹を飼い慣らして、野外でその鷹のハンティング能力を競い合う遊びだ。

鷹のハンティング能力はそのまま貴族の能力、部下を動かす能力と見なされたようだ。

時代が変わって、今の帝国の成り立ちの性質上、鷹狩りの名前はそのままだが、内容は大きく変わった。

あらかじめ用意したモンスターを放って、貴族が自《みずか》らそれをハンティングして能力を示す。

より直接で、危険で、そして能力を示せる内容に変わっていた。

☆

帝都郊外、普段は何もない、だだっ広い草原に、大勢の人間が集まっていた。

帝国の各地から貴族とその部下や使用人が集まってきている。

さらには皇帝とその親衛軍、鷹狩りを運営するスタッフ。

総勢、千人以上の人間が草原に集まっていた。

人の手で作られた、見晴らしのいい高台の上に、皇帝エリザベートがいた。

鷹狩りを宣言してからわずか一週間、ほとんど思いつきで招集したのにもかかわらず、貴族たちは誰一人として腹を立てている様子とかはない。

むしろ全員がわくわくしている。

それもそのはず。

鷹狩りは皇帝の前でいいところを見せられる数少ない場だ。

かつては鮮やかな剣術で、準男爵《じゅんだんしゃく》から一晩で公爵《こうしゃく》に成り上がった者もいる。

集まった貴族たちは全員がわくわく顔で、やる気満々だ。

「アレクは鷹狩りが初めてだったな」

カーライル家のスペース。

メイドや使用人に囲まれた中で、父上が私に訊《き》いてきた。

「はい。今の陛下になって初めての鷹狩りだったはずです」

「うむ。前の陛下の時は月一くらいで開かれていたのだが、現陛下になってからはこれが初めてだ」

「父上のいいところが見られそうですね」

「いやいや、私は参加しないよ。今日はアレクのいいところを見に来たんだ」

そう話す父上は、メイドたちの給仕を受けてて、完全にくつろぎモードだ。

周りの貴族たちがウォーミングアップや精神集中に余念がない中、父上のようなくつろぎモードなのはすごく珍しい。

「出ないのですか？」

「もちろん。アレクが活躍する姿を見るのが何よりも大事だからな！」

拳《こぶし》を握って力説する父上。

らしいというか、いつも通りというか。

そうこうしているうちに、鷹狩りが本格的に始まった。

参列者が作った広い輪――広場の真ん中に、一度に数人の貴族が進み出た。

その後皇帝親衛軍が用意したモンスターを放す。

その複数のモンスターを、貴族たちが倒した数を競い合う、という形だ。

「みんな、すごいやる気だね」

「そりゃそうさ」

父上が悠然《ゆうぜん》と、しかし当たり前のことを話すような口調で答えた。

「特にやる気を見せているのが若い連中ばかりだろう?」

「そういえばそうだね」

「陛下がお若いから、それも狙《ねら》っているのさ」

「なるほど」

皇帝エリザベート、帝国の最高権力者にして妙齢の美女。

おそらくはこの世界にいる、現時点で最高レベルの逆玉の相手だ。

青年貴族たちがやる気を出すのは分かる。

「おっ、兄弟が出てきたぞ」

「本当だ」

前の組が引っ込んで、次の組の貴族が場にはいった。

ホーセンと、よく知らない貴族が数人。

「ホーセンも参加してたんだ……ってあんまり乗り気じゃないね。あくびとかしてる」

「そりゃそうだよ、兄弟は人の物に手を出すほどやぼじゃない」

「人の物?」

どういう意味だろうと父上に訊こうとしたら、ホーセンの組がスタートした。

皇帝親衛軍が放ったモンスターたちが、一斉に貴族たちに襲いかかっていく。

貴族たちが迎え撃つ中、ホーセンだけ動かなかった。

あくびをしながら、棒立ちをしている。

やがて、いつもより早いペースでモンスターが一掃される。

「……」

その一部始終を見ていた私は、立ち上がって拍手した。

周りの貴族がこっちを見た。

何故《なぜ》ここだけ拍手したのか分かっていない様子だ。

説明する必要はない、私が分かっていればいい。

と、思ったのだが。

「さすがだな、チョーヒ卿《きょう》」

高台の上で、同じく今までずっと静かに見ていた皇帝エリザベートが静かに口を開いた。

動揺の気配が走った。

今までの貴族たちがこぞってアピールしていながらも、皇帝は物静かに、微笑みのまま見ていただけなのに、ここに来て口を開いた。

しかも、何もしていないホーセン・チョーヒを褒《ほ》めた。

どういうことなんだ？　という空気が周りに充満していく中、エリザがさらに続ける。

「卿の威圧に全てのモンスターが実質倒れていた。戦わずして勝つとは、さすが我が帝国最強の武人だ」

「それをばらさんでくださいよ、せっかくかっこつけたのに台無しじゃないか」

ホーセンが答えると、「はっ」とした空気が水面《みなも》の波紋のように広がっていく。

「そうか、今までで一番早かったのはチョーヒ将軍がにらみをきかせてたからか」

「そしてちゃんと見抜いていた陛下」

「待てよ、ということは国父《こくふ》様が拍手したのも？」

ざわめきが走って、私に視線が集まってきた。

驚きと、尊敬。

それらがない交ぜになった視線を集めてしまう。

こうなるとちょっと恥ずかしい。

「チョーヒ卿には何か褒美《ほうび》を取らせよう」

「それなら陛下、俺の願いを聞いてくださいよ」

「申せ」

「次は義弟《おとうと》――アレクサンダー・カーライルの一人舞台にしてくれよ」

どよめきがさらに大きくなる。

それを押さえつける、エリザの威厳のある声。

「それでよいのか？」

「そろそろ、帝国最強が代替わりしたところをみんなに知ってもらわねえとな」

「よかろう。アレクサンダー卿」

「……はい」

返事をする私に、さっき以上に視線が集まる。

「チョーヒ卿、そして余の期待に応《こた》えよ」

「はい」

断れる状況じゃなかった。

私は前の組——ホーセンたちがはけた広場の中央に進み出た。

するると、今までとは質の違う、ため息があっちこっちから漏《も》れた。

「「わぁ……」」

女性たちの声だ。

どういうことかとちらっと見ると、貴族の夫人や令嬢たち、そして連れてきたメイドたち。

その人たちが、見覚えのある目で、うっとりとして私を見つめていた。

屋敷のメイドたちと同じ目だ。

賢者の剣が曳《ひ》く残光と私の姿に目を奪われているらしい。

広場の中央に立つ。
千人以上の注目を浴びる。
そんな中、私は皇帝親衛軍の方を見た。
モンスターを放つ親衛軍。
その中に、見知った顔がいた。
「あれは……チョーセン？」
親衛軍の中に、何故かチョーセンがいた。
公爵令嬢で、今は屋敷にメイド修行で来ているメイド。
そして、前はローカストの件でやらかした人物。
そのチョーセンが、金貨袋と、何かの箱を親衛軍の人間に渡していた。
金貨袋は多分間違いなく賄賂《わいろ》。
ならば箱は……。
すぐに分かった。
箱をもらった親衛軍は、それを開いた。
瞬間。
「グオオオオオオン!!!」
箱の中から、巨大なドラゴンが姿を現した。

今までのモンスターの数百倍は強いモンスター。
それが出現して、咆哮《ほうこう》を上げただけで。
私をうっとり眺めていた、女性たちがばたばたと気絶してしまった。

07 ✦ 善人、パンデミックを阻止する

A good man,Reborn SSS rank life!!

鷹狩《たかが》りの場が一瞬にしてパニックになった。

あきらかに強すぎるモンスター。

鷹狩りは複数人が競い合うという性質上、「そこそこのモンスターを数多く」用意するのが普通だ。

こんな強力なモンスターが出るなんて誰も予想していなく、さらに咆哮《ほうこう》で一部の女性が倒れたことで混乱に拍車がかかった。

このまま倒してもいいけど、私はまずチョーセンに向かっていった。

「チョーセン！」

「カーライル様！　早くあれを倒してくださいまし」

チョーセンはまるで無邪気な、何も悪いことをしてないような、そんな笑顔で私を出迎えた。

「何だあれは、なんであんなものを出す」

「カーライル様のためです！　普通の雑魚《ざこ》モンスターじゃカーライル様の強さが際立《きわだ》ちません

わ。カーライル様にはこのソウルイーターくらいでなくては」

「……僕をアピールするためだけに？」

「もちろんですわ！」

チョーセンは言葉通り、さも当たり前のことのように胸を張って、威張って答えた。

マジか……と、普段使わないような言葉がこぼれそうだった。

そんなことのために、たったそれだけのために。

この場にいる全員を危険にさらしたというのか。

この人は……いや。

今はそんなことを考えてる場合じゃない。

まずはあのドラゴンを止めるべきだ。

振り向き、ドラゴンの方を向く。

いきなり現れた強大なモンスターに何人もの青年貴族たちが群がっていった。

そして、全員が倒れて呻《うめ》いていた。

唯一《ゆいいつ》、ホーセンだけが立っている。

「やっかいだなあこいつは」

「ホーセン！」

「おう義弟《おとうと》。お前がやるか」

「うん」

「任《まか》せる」

二刀でドラゴンと対峙《たいじ》していたホーセンは、私がやってきたことで、武器を鞘《さや》に戻した。

筋肉がリラックスして、完全な観戦モードだ。

チョーセンと同じく「信頼」が感じられるが、チョーセンと違って迷惑な感じがしないのは何故《なぜ》だろう——おっと。

そんなことを考えてる場合じゃない、まずはこいつだ。

私は地面を蹴って、空高く飛び上がった。

「行くよ」

(応!)

私は七色に明滅する、賢者の剣を抜き放った。

「来い！　裁《さば》きの雷《いかずち》」

瞬時に空が黒めき、私の体の倍以上の稲妻が落ちてきた。

それを賢者の剣で受け止め、帯電する剣を振りかぶり、ドラゴンに向かって突進。

ドゴーン!!!

大地を揺るがすほどの一撃、稲妻をまとった斬撃がドラゴンの脳天を両断した。

私が着地するのとほぼ同時に、ドラゴンがドシーンと倒れ、動かなくなった。

…………。

「「「おおおお!!!」」」

歓声が湧き上がる、その場にいる全員が沸いた。

「よくやったカーライル卿《きょう》」

ドラゴンの出現後、親衛軍にがっちりガードされたエリザが、立ち上がって親衛軍を割って、私をねぎらった。

皇帝から賜《たまわ》った褒《ほ》め言葉が、歓声をますます強くさせる。

ちらっと見ると、チョーセンがドヤ顔と、うっとりした顔の交ざったような表情をしていた。

図らずも彼女のもくろみ通りになったのはどうかと思うが、倒すべきものは倒さなきゃならなかったのだから――。

「「「きゃあああ!」」」

突然、離れた場所から黄色い悲鳴が上がった。

その場にいるものたちが一斉に悲鳴の元に視線を向けた。

一人の女性がいた。服飾からして伯爵《はくしゃく》夫人だろう。

おそらくさっきの咆哮《ほうこう》で気絶した伯爵夫人は、地面に倒れたままビクン、ビクンと跳ねるレベルでけいれんし、その体に名状しがたいオーラ――力のようなものが集まっていた。

直後、変容が起きる。

伯爵夫人が「変身」したのだ。

体の中から外へ向かって、膨《ふく》らむようにして姿形を変えた。

一瞬で、伯爵夫人がドラゴンになった。

さっきとまったく同じドラゴンだ。

悲鳴がさらに起きる、周りの貴族や使用人たちが逃げ惑《まど》う。

「シェリル！　大丈夫なのかシェリル！」

その中で一人だけ逃げなかった男がいた。

服装からして伯爵――きっと彼女の夫だ。

必死にドラゴンに変身した妻に呼びかけるが、ドラゴンは夫に構わず、巨大な前足を振り下ろした。

「――っ！」

とっさに駆け込む、賢者の剣で重い一撃を受け止める。

ミシッ！　って音が聞こえた気がして、両足が靴分地面にめり込んだ。

「こ、国父《こくふ》様！」

「逃げて！」

「しかし……」

「はやく！　僕がなんとか――なんとしても戻すから！」

「お願いします！　彼女と……お腹《なか》の中にいる子供を！」

「――っ、うん！」

頷《うなず》くと、伯爵はようやく逃げて、この場から離れた。

ドラゴンの追撃が飛んできた。

大きく開いた口でを開けて、灼熱《しゃくねつ》の炎を吐いてきた。

賢者の剣を構えて、炎を吹き飛ばす。

とりあえず黙らせよう、そう思って剣を構えた――次の瞬間。

「きゃあああ‼」

「こっちにも出たぞ！」

「こ、こっちも変化してる！」

あっちこっちから悲鳴と焦《あせ》りの声が聞こえてきた。

見ると、やはり倒れている女性たちが、次々とドラゴンに変化しようとしている。

あの咆哮は何かの感染症みたいなものだったのか⁉

「チョーセン！　……くっ」

どんなモンスターなんだと訊《き》こうとしたら、やらかした張本人であるチョーセンがへたり込んでいるのが見えた。

予想外の出来事、修羅場《しゅらば》の入り口に彼女はへたり込み、放心し、小刻みに震えていた。

「訊ける状態じゃないか……どうすれば」

（――）

賢者の剣から情報が頭の中に流れ込んできた。

さっき、チョーセンとの短い会話の中にモンスターの名前が出てたのを賢者の剣はしっかり拾っていた。

ソウルイーター。

魔龍の一種で、戦闘能力が極めて高いのはもちろんのこと、魂を喰らい、増殖することで個体の数を増やすモンスター。

喰らう魂は、赤子。

母親の腹の中にいる赤子だ。

咆哮を聞いた妊娠中の母体を使って数を増やす、のがこのソウルイーターだ。

見れば、気絶しているのも今まさに変化しようとしているのも、みんな女性で身重らしき人も何人か見える。

「夫人」だけじゃなくてメイドも倒れ変身の途中にあるのは……とりあえず考えないことにした。

まずは解決。

ソウルイーター。

母体と赤子の魂で変化。

ということは解決方は一つ。

「いけるよね」

(応!)

賢者の剣のお墨付きをもらって、私は行動に移した。

素材袋を取り出す、中に手を入れる。

ホムンクルスを、次々と作って袋から出す。

「光ってる……」

「輝いているわ……」

悲鳴と感嘆《かんたん》に包まれて、倒れた人数分のホムンクルスを作り出す。

そして、魔法――。

「――っ!」

瞬間、ひどい頭痛がした。

魔力の使いすぎでも攻撃を受けた訳でもない。

忠告。

その二文字が頭の中に浮かび上がってきた。

「そうはならない」

空を——天界がある方向をちらっと見て、私はきっぱりとした口調で言い放つ。

「銀の災厄《さいやく》のようには——ならない！」

そう、言い切って。

私は、ハーシェルの秘法で、倒れた女性全員から、子供の魂を抜き出した。

魂を抜いて、ホムンクルスにひとまず入れる。

母体から子供の魂がなくなったことで、ソウルイーターが変化する条件を満たせなくなって、ドラゴンが場から完全に消えてなくなった。

08 ✦ 善人、魂を解放する

裁《さば》きの雷《いかずち》で空が黒めいたまま、私は高台に上がって、作法にのっとって一礼した。

「かしこまらずともよい、余のアレクサンダー卿《きょう》。余と卿の間にそのような作法は必要ない。そうであろう?」

かしこまった玉座《ぎょくざ》に座っている皇帝エリザベート——エリザが言った。

周りにいる大臣やら親衛軍の兵士やらは、揃《そろ》って羨《うらや》ましそうな顔をした。

皇帝にそこまで言われるだけで、もはや名誉なことなのだ。

「よくぞ魔龍どもを退治してくれた」

「はい」

「そなたには改めて褒美《ほうび》を取らせなければならんな」

「陛下の先のお言葉で充分です」

「そうか」

エリザは満足げに、皇帝として満足げに頷《うなず》いた。

周りの大臣たちも同じような表情だ。

皇帝の言葉に、「ちょうどいい具合で謙遜《けんそん》する」というのも、皇帝と貴族が公式の場で必要なことだ。

「ううむ、初めて間近で見るが、噂《うわさ》以上に聡明《そうめい》なお方だ」

「その歳と力でおごることなく振る舞えるのはなかなか出来ることではありませんな」

「まさしく帝国、いや陛下の宝」

口々に私を褒《ほ》めてくる。

半分以上はエリザに対するごますりでもあるから、適当に聞き流しておいた。

「ガイル」

「はっ」

親衛軍の鎧《よろい》を着た、偉そうな中年の男が進み出て、エリザの前に立った。

「原因の究明はそなたに任《まか》せる。アレクサンダー卿の活躍だ、見事なピリオドを打ってみせろ」

「御意《ぎょい》！」

「あっ」

私が思わず声を上げると、全員の視線がこっちに向けられた。

「どうしたアレクサンダー卿、ガイルでは不安か？」

「ううん、そうじゃありません。実は犯人はもう分かっています」

「ほう？」

「その……」

この場で言っていいのかと少し迷った。

チョーセン・オーイン、オーイン公爵《こうしゃく》のご令嬢だ。

それを告げてしまうと、公爵家といえど、最悪取り潰《つぶ》しの可能性すらある。

それはさすがに重すぎる。

こういう時は……。

私は影を伸ばした。

メイドたちが揃って私の影の中で夜を過ごすようになり、私のメイドと父上のメイドが分かれるようになってから編み出した技だ。

全員が私の顔に注目していた、影が伸びることなど誰一人として気づいていない。

空が暗くて影が薄いのもプラスに働いた。

その影はまっすぐエリザに伸びていき、繋《つな》がった。

「ん……」

エリザがビクッとした。それでこっちも繋がったと確信。

そのまま、彼女に話しかける。

（犯人はチョーセンだよ）

（なるほど、言えない訳がそれね）

（どうする？）

（私が彼女と今会うのもまずいわ。直《じか》には裁けないから……）

エリザは少し考えて、今度は口を開いた。

「よかろう、その者の沙汰《さた》は卿に任せよう」

「いいんですか、陛下」

「副帝にして国父《こくふ》、そして余が最も信頼する帝国の宝だ」

さっき誰かがごますりに使った言葉を持ち出して――先回りするエリザ。

「文句などあるまいよ」

「分かりました」

私は考えた。

チョーセンへの罰。

事が事だし、ちゃんと本人が「痛い」と思うような罰を与えないといけない。

じゃないと何度も繰り返される。

それに、今、野に放ったらまずい気もする。

さて、どういう罰に――。

「よろしいですか、ご主人様」

私の影から顔だけ出したアメリア。

鷹狩《たかが》りでメイドたちはほぼ全員連れてきて、私の影の中に入れたままだ。

そのアメリアが顔を出して発言を求めた。

もちろんこの場の主《あるじ》は。

「いいですか、陛下」

「差し許す」

エリザが鷹揚《おうよう》に頷くと、アメリアが完全に私の影から出てきて、ピン、と背筋を伸ばして立った。

周りがざわわした。

影の中から人が、という魔法や技は大半の人が初めて目にするようだ。

「どうしたのアメリア」

「罰は、アレク様が与えては効果が半減、いえ逆効果です。そういうものは本人が嫌がることでなければなりません」

「アメリアとやら」

「はい」

エリザがアメリアを呼んだ。

屋敷の中とは立場が一八〇度逆転している二人、まるで初対面のように互いに振る舞った。

「聡《さと》いな、その頭脳を生涯卿に尽くせ」

「ありがとうございます」

アメリアがメイドとしてしずしずと頭を下げると、「おー」と小さく歓声があがった。

繰り返すけど、皇帝の褒め言葉というのはそれだけで褒美だ。

人や家によっては、言われた言葉を書き留めて額縁《がくぶち》に入れる人もいる。

そんなアメリアは羨望《せんぼう》の視線を集めた。

「それでアメリア、どうするの？」

「旦那《だんな》様をここへ」

「父上？」

不思議に思いながらもエリザを見る、許可を取る。

エリザは静かに頷いた。

伝令はすぐに走り、隅っこで完全観戦モード、くつろいでいた父上がやってきた。

「召喚に応じ参上いたしました」

父上は作法にのっとり、片膝《ひざ》をついてエリザに一礼した。

そしていったん立ち上がり、今度は私に向かって片膝礼をした。

公《おおやけ》の場では、父上は公爵だ。

そしてエリザは皇帝、私は副帝。

父上はこの二人に礼をとった。

「アメリアとやら、申せ」

「はい。旦那様……」

アメリアは父上にそっと耳打ちした。

チョーセンの名前は出せないから、これが正しい。

近くにいた私の耳には。

(チョーセンに罰を与えます、しばらく旦那様のメイドとして扱ってください)

(そうか、アレクじゃなくて私のメイド。アレクにご奉仕も出来なくする、と)

(はい)

(任せろ。屋敷にいても会えないように配置しよう)

と、二人のやりとりが聞こえた。

話を終えた父上は、再びエリザに向かって。

「なるほど、それは効果的だ。やるなアメリア」

「恐縮です」

「御意《ぎょい》にございます陛下、この件はお任せください。犯人が正気を失うほどの罰をあたえましょう」

「うむ」

エリザが頷くと、父上は台から降りていった。

早速チョーセンを確保しに行くんだろう。

それと入れ代わりに、別の兵士が上がってきた。

兵士は親衛軍の鎧を着ていて、まっすぐ上司のガイルのところに走った。

ガイルに耳打ちをすると、そのガイルが眉をひそめた。

「陛下」

「どうした」

「倒れた夫人らの意識が戻らぬと、随所《ずいしょ》より」

「ほう？」

エリザは私の方を見た。

「あっ、すみません！　今すぐに起こします」

しばらく様子見をするつもりだったんだけど、台に上がったあとの出来事が多すぎて、すっかり忘れていた。

私は影の中からメイドたちを呼び出した。

アメリアの時と同じ、メイドたちが次々と影から出てきて、周りの感嘆の声をさらう。

「行って、僕のメイドたち」

メイドたちは応じて、台を降りて、下に安置しているホムンクルスを運んできた。

それを私の前に並べる。

ホムンクルス、赤子の魂が入った器《うつわ》。

それらに手をかざして、ハーシェルの秘法を使う。

すると、魂が一斉に飛び出して、天にまず昇っていく。

そして、元の場所——母親の腹に向かって散っていった。

「おおお、これは……」

「美しい……」

「まるで天がつかわした子のようだ……」

感嘆《かんたん》する大臣たち。

魂が散ったのとほぼ同時に、雲間が晴れて、虹が空に架かった。

虹に乗ってやってきた魂、というふうに見えて。

あっちこっちで、むしろ羨ましい、という声が次々とあがってきたのだった。

09✦善人、魔龍ワクチンを作る

A good man,Reborn SSS rank life!!

「アレクサンダー様！」

「やあ、よく来たねシャオメイ」

屋敷の書斎、メイドから来客があると言われた後、現れたのはシャオメイだった。

シャオメイ・メイ。魔法学校の生徒だ。

出会った頃は自信がなくておどおどしていた彼女も、すっかり成長して大人びてきた。

物静かなのは変わらないが、立ち居振る舞いに一本通った「芯《しん》」みたいなものがついてきた。

そして何より。

「また魔力が強くなったね」

「そ、そうなんですか」

「うん、見てると分かるよ。力がみなぎってる。クレオパトラって知ってるかな？」

「えっと、大昔の美人さん……でしょうか」

答えるシャオメイ、こういう時間違いを恐れておどおどするのは変わらないな。

「うん。史上最高の美女、世界を変えて時代のヒロイン。その人は魔法こそ使えなかったけど、人間を遥《はる》かに超越した魔力を持っていたと言われているね」

「えっと……自分で魔力回路を作れなかった人、なのでしょうか？」

「そうみたいだね。僕がキミたちに教えたムパパト式で構築するような魔力回路。これを生まれつきどうしても構築できないような人っているよね」

「はい」

「クレオパトラがそうだった、でもそれにもかかわらず強大過ぎる魔力を持っていた。そうすると、膨大《ぼうだい》な魔力は体の中で巡って、ひたすら肉体の活性化だけに役立った」

「だから美人さんだったのですね」

「という説があるね。昔の人だから残ってる情報で判断するしかないけど」

「でも合ってると思います！」

「そう？」

シャオメイにしては珍しくはっきりとした口調で言い切った。

「はい！　だってアレクサンダー様が、前よりもずっと……」

シャオメイが頬を染めてうつむいてしまった。

「ずっと？」

「わ、私よりもずっと魔力がおすごいからです」

「ありがとう。最近ちょっと鍛えててね」

ちらっとそばに置いている賢者の剣と、足元にうっすらと出ている影を見た。

影の中にいるロータス、刀身が煌《きら》めく賢者の剣。

自動回復と自動消費、今の私は二四時間、常に自動で魔力のトレーニングをしている状態。

多分、ここしばらくで一割は魔力の最大値が上がったはずだ。

「そういえば、シャオメイはどうしてここへ？」

「そうでした、すみません！」

シャオメイは慌《あわ》てて一回パッと頭を下げてから。

「今日はアレクサンダー様にお願いがあって来ました」

「お願い？　言って、シャオメイのお願いならできる限り聞くよ」

「ありがとうございます！　その、研修……に、置いてもらえませんか」

「研修。シャオメイそろそろ卒業なの？」

「はい！」

「なるほど」

研修というのは、魔法学校で卒業間近になった生徒たちが、軍なりギルドなり貴族の屋敷なり、現場に出向《とりで》いて実地で働き、学ぶことだ。

皇帝の最後の砦となる魔法学校は、戦力の充実と様々なパイプを作るために、生徒たちを研修に送り出すことに積極的だ。

　それはそうとして。

「そうか、シャオメイもそろそろ卒業か。初めて会ったときのことが今でも記憶に新しいよ」

「はい……」

シャオメイは頬を染めてそっとうつむいた。

いかんいかん、これはちょっとじじ臭《くさ》かった。

シャオメイは今の私よりも年上なんだから、これはないな。

「うん、分かった。いつでもおいで」

「ありがとうございます！」

シャオメイは大いに喜んでくれた。

感情が高ぶるとよりよく分かる。

彼女の肉体から活性化した魔力が滲《にじ》み出ているのが。

前よりもさらに強くなったシャオメイ。

研修に来たら、さらにいろいろ教えてあげよう。

そんなことを考えているうちに、ドアがノックされた。

切羽詰《せっぱつ》まった感じの、焦《あせ》った感情が伝わってくるノックだ。

「どうぞ」

「失礼します」

入ってきたのはメイドのアメリアだった。

彼女は私の客であるシャオメイにまず一礼してから、こっちを向いた。

「どうしたのアメリア、キミがそこまで焦るとは珍しい」

「申し訳ありません。危急の要件でございます」

「危急？　なんだい」

「ソウルイーターがサイケ村に発生したとのことです」

「すぐに行くよ」

私も、自分の表情が一瞬にして変わったのを感じた。

☆

サイケの村。

アレクサンダー同盟領の中でも、元からカーライル領という、私がずっと前から手入れをしている村。

そこに急行して、発生したソウルイーターを退治した。

鷹狩《たかが》りの時と同じように、ホムンクルスを作って、魂を一旦抜いて、それから母体に戻す。

すでに攻略法が確立しているソウルイーターは、退治するだけならどうということはない。

一方で、ソウルイーターに感染していた婦人は、人の姿に戻って、畑のど真ん中でうつ伏せの状態で倒れていた。

その婦人の夫がすっ飛んでいき、代わりに、

「ふう」

「ありがとうございます！」

別の男が私のもとにやってきて、深々と頭を下げてお礼を言った。

「キミは？」

「あれの兄です。妹を助けてくれて本当にありがとうございます！」

「そっか。それよりもこの村には他に妊娠している人はいるの？」

「え？　どうしてそんなことを……」

「……ああ」

自分が分かってるから相手も分かってる前提で話してしまった。

あれは知らない人から見ればただの凶悪なドラゴンか。

私は状況をサッと確認した。

村の建物は三分の一が崩壊、畑も大半がぐちゃぐちゃだ。

それをやったのは、たった一匹の魔龍。

ソウルイーター一匹だ。

それはつまり。

「あのドラゴンは妊婦に取り憑《つ》いて変身させてしまうんだ。だから多分他にいないと思うんだけど」

「え、ええ。そうですね。俺が知ってる限りおめでたなんて話はないです」

こういう農村での子供はそのまま労働力になる、また、人間の原初的な感情として子供が生まれることをより喜ぶ。

隠すことはまずない。

彼がそう言うことは、やっぱりいないということだろう。

「だったらこれでもう大丈夫だよ」

「ありがとうございます。……」

「どうしたの浮かない顔して」

「えと、妊婦に取り憑く、んですよね」

「うん」

「今はまだだけど、俺もそろそろ子供つくんなきゃって思ってたから」

「そっか。そのたびにこれじゃダメだよね」

「はい……」

危惧《きぐ》とするところは分かった。

賢者の剣から得た情報だと、ソウルイーターは一種の伝染病に近い。

あの鷹狩りの場で一度解き放ち、複数に「感染」したことで、国中に広まる可能性が高い。

実際に広まって、このサイケ村が半壊した。

それはつまり、これからも同じことが起きる。

「予防の方法を考えるよ」

「あ、ありがとうございます！」

☆

屋敷に戻って、書斎に戻ってきた私。

一人になって、予防策を考えた。

ソウルイーターの退治法は確立してるんだ。

ホムンクルスを作って、一旦《いったん》魂を退避させて、胎児《たいじ》に魂がなくて仮死になる状態を作り出せば、喰らう魂がなくなったソウルイーターは消滅する。

失敗はない、私がやれば危険はない。

そして、魔力回復がついた今、たいした労力でもない。

だが、問題はある。

発生から毎回、解決するまでに時間がかかることだ。

ソウルイーターが発生して、助けを求めて村人が私のところに駆け込んでくる間、そのたびに村がめちゃくちゃになる。

むしろそっちの対策を考えなきゃならない。

「ふう」

私がため息をついた後、ドアがノックされた。

「どうぞ」

「失礼します」

入ってきたのはシャオメイだった。

「シャオメイ、まだいたんだ」

「はい。もう帰るところでしたけど、メイドの人がアレクサンダー様が疲れてらっしゃるって言ってたので」

よく見ると、シャオメイはトレイにお茶とケーキを乗せていた。

疲労回復に効くハーブティで、私には効果はないが、気持ちが癒《い》やしになる一品だ。

いつもならメイドの誰かが持ってくる。

噂《うわさ》ではかなり熾烈《しれつ》な当番争いをしているらしい。

それを、シャオメイに預けて持ってこさせたってことか。

ちなみに、メイドたちは私のバイオリズムをある程度分かるようになっている。

彼女たちの要求で、私の影に入ったことのあるメイドには、疲労や空腹、喉《のど》の渇《かわ》きなど、メイドたちに伝わるようになってる。

私に奉仕したいメイドたちが、それを察して必要な時に必要なものを持ってきてくれる。

それを代わりに持ってきたシャオメイは、ケーキを皿ごと持ち上げて、魔法をかけていた。

「何をしてるのシャオメイ」

「はい！　このケーキは召し上がる直前に底を少し冷やすとより美味《おい》しいとメイドの人が言ってましたから」

「そっか。シャオメイは氷の魔法が得意だもんね」

底だけ、ピンポイントに特定箇所だけ魔法をかけるのはかなりの高度な技だ。

それをシャオメイは普通に出来るという雰囲気を出している。

「アレクサンダー様のおかげです」

「ううん、シャオメイの才能だよ。だって僕はいろんな人に教えてるけど、今でも魔導具なしで永久凍結はシャオメイ一人だけ……だ、もん？」

「アレクサンダー様？」

急に「止まった」私に、シャオメイが不思議そうにのぞき込んでくる。

シャオメイを見つめる、彼女と出会った頃のことが記憶に蘇《よみがえ》る。

「そっか、魔導具か」

「え？」

「ありがとうシャオメイ！　キミのおかげだよ」

シャオメイの肩をつかんで、お礼を言う。

そしてきょとんとする彼女を置いて、私は書斎から飛び出した。

「えっと……よく分かりませんが」

部屋の中に残ったシャオメイは、嬉しそうにはにかんだのだった。

「アレクサンダー様の、お役に立てたみたいです……」

☆

次の日、リネトラの村。

この日もソウルイーターが現れたという情報を聞きつけて、私は村に急行した。

昨日のサイケ村よりも屋敷から遠い分、連絡が遅くなってより被害が大きかった。

私が駆けつけたときはアスタロトの祠《ほこら》含め、村がほぼほぼ全壊していた。

「お願いします！　どうか、どうか俺たちを助けてください」

「お願いします！」

避難した村人が一斉に私にすがった。

そんな村人たちに、私は一つの球を差し出した。

私の手のひらにすっぽり収まる、リンゴくらいのサイズの球。

「こ、これは？」

私が差し出した球に一番近くにいた村人が訊《き》き返してきた。

「これをあのドラゴンに向かって投げてみて」

「え？　でも」

「大丈夫、やってみて」

「は、はい……」

「俺がやる！」

戸惑《とまど》う男に代わって、別の男が名乗りを上げた。

「キミは？」

「あいつの……あいつに食い殺された嫁の仕返しをさせてくれ！」

「……なるほど」

そういう誤解をしてるんだ。

確かに、ソウルイーターのことを知らなければ、妻をドラゴンに食い殺されたと誤解しても仕方ない。

まあ、誤解はすぐに解ける、今何か言う必要もない。

私は球をその男に渡した。

「しっかりね」

「ああっ！」

受け取った男は意気込んで、まなじりの涙を拭《ぬぐ》って、いまだに暴れてるソウルイーターに向かっていった。

約三〇メートル、大人の遠投が届く距離になると、

「くたばれ化け物!!!」

男は怒号を放ちながら、球を投げつけた。

球はソウルイーターに飛んでいくと、その目の前で割れて、光が溢《あふ》れ出した。

まばゆい光、その場にいる全員が目を覆《おお》った。

光は数秒でピークに達して、徐々に収まっていった。

視界が戻ってきた先で、残っていたのは。

「クレア!?」

畑の真ん中に倒れている男の妻だった。

男は妻に駆け寄った、途中で躓《つまず》きながらも必死に駆け寄った。

そして、抱き起こす。

「クレア！　ああ……本当に生きてるのかクレア……」

抱き起こし、意識がないながらも妻が生きてることを理解して、感激の涙を流す男。

男に渡したのは魔導具だった。

昨日、私が作ったオリジナルの魔導具だ。

シャオメイを見て、魔導具の存在を思い出した。

かつて、魔法学校の悪ガキどもは、魔導具を使って超高等魔法である永久凍結を使えた。

魔導具というのは、作り方次第で魔法が使えない人でも「魔法を使う」ようにすることが出来る。

そして今の私は、やりたいことさえはっきりすれば大抵のことは出来る。

そうして、一つの球の中にホムンクルスの素材と、それを作る魔法を、ハーシェルの秘法の抜き差しをまとめた。

ソウルイーターが伝染病なら、その球はさしずめワクチンだ。

男が妻を抱きしめながら感動している傍《かたわ》らで、私は量産した――効果を今確かめた球《ワクチン》を他の村人に渡す。

量産はすでに出来ている。

「またあのドラゴンが出たらこれで退治して」

「「「――ありがとうございます！」」」

これでこの村はもう大丈夫。

あとはこれを、領内に広く配布するだけだ。

10 ✦ 善人、押しかけられる

　屋敷の庭で、景色がよく見えるところに作られた四阿《あずまや》。

　私はメイドのアグネスに給仕を受けながら、テーブルの上に置いてあるソウルイーターワクチンを眺めていた。

「何かお悩みですかご主人様」

　メイドのアグネス。子爵《ししゃく》令嬢であり、貴族たちが同時期にこぞって送り込んできた令嬢メイドの一人だ。

　アメリアだったらここで何も言わない、訊《き》かないのだけど、彼女は違って、多分思ったままのことを私に訊いてきた。

　人に話すと解決の糸口を見つけやすいのは経験上分かっているので、私は普通にアグネスに答えた。

「これの応用ってもっと他に出来ないのかな、って思ってね」

「他にですか？」

「これの説明はした？」

「はい。鷹狩《たかが》りの場にもいました」

「そっか、なら話は早い。あの時のソウルイーター……ドラゴンを倒す方法をまとめた魔導具がこれなんだ。これさえあればたとえ赤ちゃんでもあのドラゴンを倒すことが出来る」

「さすがご主人様です！」

にこりと微笑んで、話を先に進める。

「これと同じように、魔導具の種類をどう増やそうかって思ってね。僕が飛び回るより、そこに住んでる人たちが解決したほうがいいから」

いろんな意味で。

「なにか『これだ！』って思うようなものはない？」

「大丈夫です！　ご主人様が思いつくことならなんでもすごいことになります」

「そっか」

これもアメリアとは違った。

アメリアならここで根拠のない信じ方やお世辞を言わないんだけど、アグネスは違った。

まあ、本心からの言葉みたいだから、悪い気はしなかった。

私はアグネスの給仕を受けつつ、いろいろと考えた。

「ん？」

「どうしたんですかご主人様」

「門の方がなんか騒がしいね」

「あっ、本当ですね」

私と一緒に、アグネスは屋敷の門の方を見た。

柵《さく》型の門の向こうに若い少女がいて、その柵越しに一人のメイドが応対している。

少女が必死に何かを頼み込み、メイドはそれを断っている、って感じだ。

ちなみにメイドはチョーセンのようだ。

チョーセンかぁ……ちょっと任《まか》せるの怖いな。

「アグネス、ちょっと様子を見てきて」

「はい！」

私からの命令に、アグネスはものすごく嬉しそうな顔をしながら、門の方に小走りで向かっていった。

辿《たど》り着いたアグネス、話をしばし聞いて、また戻ってくる。

「どう？」

「えっと、ご主人様に会いたい、リネトラの村の人だそうです」

「うん。チョーセンともめてるのはなんで？」

「えっと……」

アグネスは眉をひそめた。

「下々《しもじも》の人にいちいち会うほど暇《ひま》じゃない、だそうです」

「……なるほど」

頭痛がしそうだった。

私を持ち上げたいというのは分かるけど、それはちょっとない。

「アグネス、その人を連れてきて」

「はい」

アグネスは当たり前のような顔をして頷《うなず》いた。

こっちは同じ令嬢メイドだけど大丈夫みたいだ。

「チョーセンはどうしますか?」

「父上預かりになってるから……父上のところに行って、今のことを全部報告するようにって言って」

「分かりました」

アグネスは再び門のところに行って、私の言葉を伝えた。

チョーセンがすごく不服そうにして、抗議しようとばかりにこっちに向かってくる。

が、途中で止まる。

ある距離から前に進めなくなった。

私がかけた魔法だ。

鷹狩りの一件のあと父上に任せたのはもちろんだけど、同じ屋敷の中でも近づけないように、念のためにそういう魔法をかけておいた。

今でもまだ伝染は完全に収まっていないチョーセンのしでかしたこと、罰はしっかりと、ということだ。

どうしても私に近づけないチョーセンは、やがて諦《あきら》めてトボトボと屋敷の中に戻っていった。

それと入れ替わりで、アグネスが村娘を連れてくる。

「リ、リリィ・カナタって言います」

村娘――リリィは私の前にやってくるなり、ものすごくたどたどしい動きで、膝《ひざ》をついて礼をとった。

「そういうのは気にしなくていいよ。慣れてないでしょ」

「でも、領主様に失礼があるといけないって」

「僕はそういうの気にしないよ。それよりも、僕に会いたかった理由は？　村にまた何かあったの？」

「あっ、大丈夫です！　本当に領主様のおかげで、みんなはもう畑に出れるようになりました」

「それはよかった。じゃあなんで？」

訊き返すと、リリィはまだ少しの恐縮さを残しながら、しかし思い切った一大決心の表情で私に言った。

「領主様のもとでご奉公させてください！」

「僕のもとでご奉公……ってことはこういう感じの？」

私はそう言い、隣に立っているアグネスを指した。

するとリリィはものすごく恐縮しきった顔で、手を交互にブンブン振って。

「そ、そんなの恐れ多いです。小間使いでもはしためでもなんでも！　領主様にご奉公させてください！　お給金もいりません！」

ものすごい勢い、剣幕だった。

それにすごい決意だった。

「どうして？」

「そ、それは……」

口籠《くちご》もってしまうリリィ、顔を真っ赤に染め上げてしまう。

「りょ、領主様のところでご奉公するのが夢だったんです！　でも……今までは機会がなかったから」

「なるほど」

多分……まっすぐな子なんだろう。

自分が言ってることの意味もよく分かってないんだろう。

あの化け物のおかげで私に近づくきっかけ、口実が出来た。

実質そう言ってるようなものだけど、強い気持ちが先行しすぎてそれに気づいてない。

それが可愛くて。

また、好意が心地よい。

私は少し考えて、Vサインのように二本指を立てた。

「働かせてあげるのはいいけど、条件は二つある」

「な、なんですか！　なんでもします‼」

女の子がなんでもしますなんてうかつに言っちゃいけないよ……と思いつつ話を続ける。

「一つ目は呼び方。さっきからそう呼んでるけど僕は領主じゃない。領主は父上だ」

「あっ……ご、ごめんなさい！」

「ちゃんとこれからは直してね」

「はい！　……これから？」

もしかして、と期待の色がリリィの顔によぎる。

「そして二つ目、給金はちゃんともらうこと……ただで働かせては僕のメンツに関《かか》わるから」

「……はい！」

一瞬きょとんとした後、リリィは嬉しそうに頷いた。

よし、後はアグネスにとりあえず連れてってもらって、メイド服の採寸でも――。

「やっぱり……領主様すごくやさしいです……」

……。

思わず苦笑いした。

猪突猛進《ちょとつもうしん》じゃない、察しのいい子だ。

押しかけてきた主張の強い子だけど、働かせるのは問題ないだろう、と私は安堵《あんど》――したのだが。

リリィが押しかけメイドになったことを知って。

「なぜあのような平民が！」

と、チョーセンが、私のいないところで怒りくるったみたいだった。

こっちはまだまだやっかいが続きそうだ。

11 ✦ 善人、確約された人

夕暮れ前、ソウルイーターワクチンを届けた領地から、カーライルの屋敷に戻ってきた。

飛行魔法でストン、と庭に着陸して、屋敷の方に向かって歩きだす。

ふと、少し離れたところからよく知っている声が聞こえてきた。

「そう、窓はそうやって拭《ふ》くの。そうじゃないと汚れが残って、屋敷の中の明るさが損《そこ》なわれるから。景観もね」

エリザの声だ。

気になって、方向転換して、声が聞こえてきた方に向かっていく。

すると、角を曲がった先に三人のメイドが窓拭き掃除しているのが見えた。

一人は声に聞こえたエリザ、もう二人はアグネスとリリィ。

エリザとアグネスの先輩二人が、新入りのリリィに仕事の指導をしているところのようだ。

「窓拭きは重要な仕事です」

アグネスは言った。

窓ガラスにくっつけた。


「まだ分かってないですね。リリィ、屋敷の中に戻って、そこに立ってみなさい」

「はい……？」

今一つよく分からないって感じのリリィだが、それでも言われた通り屋敷の中に入った。

アグネスに指定された場所に立つと、外にいるエリザとアグネスは地面から土をつまんで、窓ガラスにくっつけた。

すると、差し込む太陽によって、ガラスにくっつけた土がリリィの顔に影を落とす。

「万が一そこに立っているのがご主人様だったら？」

「アレク様のお顔を汚すことになるのよ」

「は、はい‼」

実地で示されて、リリィはさっきまでと違って戦々恐々となった。

そんなこと私は別に気にしないのだけど、メイドたちからすれば大事のようだ。

慌《あわ》てて庭の方に戻ってきたリリィ、先輩二人が残した土を綺麗に拭《ふ》き取ろうとする。

「慌てなくていいのです」

「そう、仕事の途中ならアレク様がたとえ通ってもとがめません」

いや、そもそも私の顔に影がどうこうで怒りはしないけどね。

「終わる時に綺麗になっていればいいの。ダメなのは適当に手を抜いて終わらせること」

「だから遅くてもいいから、丁寧《ていねい》にやって」

「はい！」

答えたリリィは真剣で、真面目《まじめ》だった。

エリザとアグネスは互いに顔を見比べて、微笑み合った。

「これが終わったら一休みしましょう」

「そうね、一息入れましょう。お菓子を用意するわ」

そう言ってエリザは屋敷の中に戻る。

我が家のメイドは休めるときに休めという方針にしてある。

人間はそこまで強くない、気力だけでは乗り越えられないことはよくある。

メリハリをつけて、仕事は仕事、休む時は休む。

父上の代からぼんやりとそういう方針があったのを、私がさらに明言したものだ。

それをメイドたちが守ってる。

「新人《リリィ》も上手《うま》くやれてるみたいでなによりだ」

メイドたちの時間を邪魔しないようにと、私はそっと、足音と気配を消して、その場から離れた。

☆

夜の書斎。

書類の処理をしていた私に、リリィが補佐についた。

補佐と言うよりは、実際に見て学ぶというところだ。

アレクサンダー同盟領が今でもじわじわ広がっている。

令嬢メイドを送り込んできた貴族が、実質同盟に加わったということも増えてきた。

執務の範囲が広くなり、メイドたちに雑務を任《まか》せることも少なくないから、新人の彼女もいずれ戦力になるように、実地で研修させているところだ。

そうして、書類の大半を処理したところで。

コンコン。

と、ドアがノックされた。

「誰？」

「私よ、アレク」

「エリザ？　どうぞ」

ドアが開き、入ってきたのは私服姿のエリザだった。

「どうしたの？」

「休暇おしまい、って挨拶《あいさつ》に来たの。今から発《た》って王宮に戻るわ」

道理で私服で、呼び方が「アレク」な訳だ。

今の彼女は屋敷のメイドじゃなくて、お忍びの皇帝陛下に戻っているのだ。

「で、一つアレク忠告しておきたいことがあるの」

「皇帝陛下がわざわざそう言ってくるのか、恐ろしいね」

「え？」

真横から驚きの声が上がった。

雑務の手伝いをしている新人メイドのリリィだ。

彼女はものすごくびっくりした顔で私とエリザを交互に見比べて。

「こう、てい？」

「あれ？　エリザ言ってないの？　仲良さげにしてたみたいだけど」

「言わないわよ。メイドの時はメイドなんだから。というか」

エリザがぶすっと、唇を尖《とが》らせた。

「私が普段から『皇帝陛下なのよ敬いなさいえっへん』っていうような女に見える？」

「ごめんなさい、僕が悪かった」

エリザはそういう女じゃない。

たとえ皇帝でいる時であっても、必要以上に権威を振りかざしはしない。


「そうなんだ」

「そっか、じゃあリリィはこれが初めてなんだ」

「ど、どういうことなんですか？」

「ここにいるのが皇帝、エリザベート一世陛下だよ」

「お忍びだけどね」

「えええええ⁉　こ、皇帝様だったんですか」

その敬称の付け方はちょっとどうかと思う……のは、私が貴族に染まり過ぎたからかもしれないな。

細々とした作法を知らない庶民《しょみん》にとって、「様」付けが最上級の敬称なのだ。

商人、神様、貴族様——皇帝様。

皇帝様というのは彼ら彼女らの最高の敬意の表れだ。

「ど、どうしよう。私いろいろ失礼をしちゃったかも」

「リリィ」

「は、はい！」

リリィはビクン！　として、背筋を伸ばしてまるで「気ヲツケ！」のポーズになった。

「私があの格好をしている時はメイド。アレク様のメイド。皇帝じゃない」

「そ、そうなんですか？」

「そうしたくなる気持ち、あなたが一番わかると思うけど？」

「はい‼　すごくわかります！」

ものすごい勢いで肯定《こうてい》するリリィ。

押しかけてきて、給金なしでもいいからご奉公させてくれと言ったリリィだ。

通じ合う何かがあるんだろう。

ちなみにリリィにはもちろんのこと、エリザにも給金を支払っている。

メイドとして当たり前の額だ。

それをもらうエリザは実に嬉しそうにしたのが印象深い。

「だから、メイドの時のことは気にしないで。また来るけどその時も普通にして」

「はい――あっ、でも」

「でも？」

エリザは眉をひそめたが、一瞬だけのことだった。

「『今』はお忍びの皇帝様でご主人様の大事なお客さんです」

と、改めて背筋を伸ばした。

そんなリリィを見たエリザは眉を開き、クスッと笑った。

「いいね。切り替えようとするその思考。私は好きよ。いいメイドになりそう。そう思うよね」

「うん。安心して仕事を任せることが出来る人だよね」

私とエリザに立て続けに褒《ほ》められて、リリィは嬉しそうにはにかんだ。

「掘り出し物ね。いや、あなたの周りにそういう女が自然と集まる。そういう運命なのね」

「そうかもしれない」

　SSSランクの人生だからね。

「あなたは魂を見れるんだったたっけ？」

「うん」

　エリザにはそのことを話してる。

　皇帝エリザ、彼女は無駄に言いふらすこととは無縁だから、大抵のことは話してる。

「平民に生まれた彼女、さて魂はどうかしらね」

「……へえ」

　神の力を使い、リリィの魂を見た。

　びっくりすることに、農村の平民として生まれたのに、魂はBランクはある。

　このランクだと普通はもっといいところに生まれるものだ。

　準貴族なり、商人なり、そこそこの地主《じぬし》なり。

　そのあたりが本来Bランクの生まれ変わる先だが。

　リリィは、農民の家に生まれたのにBランクの魂。

　それはつまり、本人の能力や才覚、運などに生まれ変わるランクが作用しているということだ。

「そういうことなのよ。あなたの人生に華を添えるように、集まってくる人間もそういうのばかりなのよ」

「そうだと嬉しいね」

「だから、一つだけ忠告」

真顔に戻るエリザ。

私も思い出した。リリィのせいで途中で止まっていた話だ。

「オーインの娘、送り返した方がいいわよ」

「むっ……」

それはエリザの、かなり本気な忠告だった。

12 ✦ 善人、不意を突かれても動じない

A good man,Reborn SSS rank life!!

サネット村。

最近メイドになったアグネス・メンバーの父親、メンバー子爵《ししゃく》の領地だ。

ここに私と父上が招かれた。

村はこの日、お祭り騒ぎだ。

中央の広場に二〇メートルの高台があって、離れたところに私たちのいる貴賓席《きひんせき》がある。

高台は祭りの主役、そこから次々と男の子がそこから跳び降りている。

両足を魔法の紐《ひも》でくくられて真っ逆さまに落とされるバンジージャンプ。

魔法の効果で、真っ逆さまに落ちても、頭が地面一〇センチというスレスレできっちり止まるという、確実に安全だがとんでもなく恐ろしいバンジー。

それをさっきから男の子たちが次々と飛んでいる。

私よりもさらに年下の、まだ十歳になったばかりの男の子たちは当然の如《ごと》く二〇メートルバンジーにものすごい悲鳴をあげる。

が、ごくごく稀《まれ》に悲鳴を我慢しきる男の子もいる。

その子には村人、それから私や父上、そしてメンバー子爵のような外部の観客が惜しみない拍手を送る。

魔法の紐で絶対に死なない、それどころかケガさえもしない。

そうと分かっていても、一〇メートルの高台から真っ逆さまに落とされて悲鳴を上げない子はなかなかいない。

「おもしろい成人の儀式だな」

今も悲鳴、そしておしっこをチビらせた十歳の男の子が紐から外されるのを眺めながら、父上が感想をのべた。

それに対し、メンバー子爵が答える。

「昔からのこの村の伝統ですな、この村の子は十歳になった歳からこれに挑戦することができ、無事悲鳴をあげずにやり遂《と》げれば一人前の大人として認められるようになる」

「なるほど、本人の胆次第か。年齢で一律に大人と見るよりはよほど合理的だ」

父上は真顔で言った。

いつになくまともなことを話すじゃないか——と思っていたら。

「アレクなら生まれた瞬間から大人だがな」

いつも通りの父上だった。

さすが『父上と愉快な仲間たち』の教祖なだけはある。

「さすが国父《こくふ》様ですな」

一方でメンバー子爵も、父上と話すときは普通なのに、私にはやたらと恭《うやうや》しい。

このままだと入信しかねない勢いだ。

成人の儀式は、サネット村をあげての大きな祭りだった。

思いっきり緊張している挑戦者の男の子を除けば、周りの大人たちは飲めや歌えやの大宴会で、貴賓席にいる私たちにも次々とおもてなしがされた。

「女の子たちもかなり真剣なのがいるね」

私は高台から少し離れたところで、ある意味、男の子以上に真剣な面持《おもも》ちで見守っている女の子の集団を見つけた。

女の子たちは男の子と同じくらいの、十歳前後の子たちだ。

「あの頃の子はおませさんですからな」

メンバー子爵は相好《そうごう》をくずし、楽しげに私の疑問に答えた。

「十《とお》から大人になれるから、男の子たちも早くから積極的に女の子たちを口説いていくのです。これに成功すれば大人になって、家や畑を持てて、結婚も出来るようになりますからな」

「大変なチャレンジだね」

そうか、大人になるということはそういうことでもあるのか。

あくまで成功したらという但《ただ》し書きがつくけど、この村だと十歳から結婚出来るってわけだ。

「アレクは一歳からアンジェと婚約をしているがな」

「父上、そこを張り合うのは不毛です」

ちなみに貴族、公爵《こうしゃく》子息であり男爵《だんしゃく》だった私は、その気になれば父上の言うように一歳でも結婚は出来た。

政略結婚、跡継ぎ問題。

貴族には年齢を繰り上げててもさっさと結婚させなきゃという事情がいくらでもある。

なんなら両方腹の中――いや、生まれる前から婚約をすっ飛ばして結婚してる事例もある。

だからそれを持ち出すのは不毛で、私は話題を変えた。

「ということは、あそこにいるやけに威張ってる男の子が去年成功した子かな」

私は高台の向こうでふんぞり返ってる男の子を指さした。

いま挑戦している子たちとほとんど年齢が変わらない、ガキ大将みたいな態度でふんぞり返ってる子だ。

さすがに個人個人のことまでは知らないメンバー子爵が周りの村人に訊《き》いた。

「どうやらそのようです。昨年ただ一人儀式に成功したということですな」

「なるほど。それは威張りたくもなるね」

昨年唯一《ゆいいつ》成功したということは、同い年で今年再挑戦してる子もいるわけだ。

それを下から、成功者の座から見あげるのだから、あんな態度になるのも当然だろう。

「それはいくら何でも失礼だぞ」

ふと、メンバー子爵の叱責《しっせき》の声が聞こえてきた。

見ると、さっき話を聞いた村人をメンバー子爵が怒っている。

「どうしたの？」

「申し訳ありません。村の者が、あの子を国父様が表彰してくれれば、今年の子も勇気を出せる言ってきたもので」

「それはいかん」

話を聞いた父上が即答した。

「ええ、まったくもってその通りで――」

「その話を断ってはアレクの度量が疑われる。それしきのことを拒《こば》むほどアレクは小さくないぞ」

いつも通り私を持ち上げる父上、が今回は同感だ。

いや小さいかどうかはどうでもいい。

私がちょっとあの男の子に言葉をかけるだけで他の子が奮起《ふんき》するのなら、わざわざ断る理由がどこにもない。

「うん、そうしようよ。あの子を呼んできてもらえる？」

「おお、さすがの懐《ふところ》の広さ。感服いたしましたぞ。おい君！」

メンバー子爵は早速村人に指示を飛ばして、村人が慌《あわ》ただしく動きはじめた。

あの子が連れてこられるのを待つ間、私は父上に話しかけた。

「そういえば父上。チョーセンは今どうしてますか？」

「これまでも何回か私の目を盗んでアレクに近づこうとしたから、強めに言いつけて屋敷に置いてきた」

「そうなんですか？」

「うむ、さすがに公爵の私の命令とあっては守るだろう。しかしどうした、もう罰はいいのか？」

「それも踏まえて考えてます。エリザから、彼女は『切った』方がいいと忠告を受けたので」

「いけない、それはいけないぞアレク」

父上の反応は少し予想外――

「本当にそうしてしまってはアレクの度量が疑われる」

――もとい、いつも通りだった。

「皇帝陛下からの忠告なんですけど」

「そんなの関係ない」

と、父上はきっぱり言い放った。

皇帝陛下の言葉でも関係ないと一蹴《いっしゅう》するあたり、父上もまったくぶれない人だ。

「とにかく彼女のことを少し考えなきゃいけないと思ってるところなんだ」

「うむ、応援してるぞアレク」

「任《まか》せてとか頼ってくれとかはないんですか父上」

「アレクにそんなことが必要になったときは世界が滅ぶときだ！　ならば素直に滅びよう」

お願いですから少しはぶれてください父上。

いやまあいいのだけれど。

そうこうしているうちに、私たちのいる貴賓席に、さっきの男の子が呼ばれてやってきた。

後ろに女の子を一人連れている、彼と歳が同じくらいの可愛らしい女の子だ。

「あれが奥さんかな」

「そうだろうな。全ての帳尻《ちょうじり》が合ったという顔をしている」

「うん？」

「それが男——大人の男というものだ」

父上は珍しく——今度こそ真面目《まじめ》なことを言った。

大人、妻、人生の帳尻。

私も見た目通りの年齢ではない。

前世の記憶を持っていて、前世は「おっさん」と呼ばれる程度の歳までは生きた。

父上が言いたいこと。

子供が生まれれば人生の全ての帳尻が合う、という人間を何千人も見てきた。

それを同じ顔をした男の子――幼い夫婦が貴賓席に向かってくる。

男の子は自信と緊張、女の子は純粋に緊張からか額に大粒の汗を出している。

挑戦は一時中断している、祭りに参加した者は全員貴賓席に注目している。

さて、注目されているから、どういう言葉を他の男の子たちにかけようか、と思っていたその時。

「あ、あああ、うぅ……」

ほぼ目の前、会話が出来る距離までやってくると、女の子が急にうずくまって、お腹《なか》を押さえて苦しみだした。

どうしたんだろう、と周りが駆け寄った次の瞬間。

「ぐおおおおお！」

女の子の体が急激に膨《ふく》らみ上がる、可愛らしい姿から異形《いぎょう》の――魔龍の姿に変わった。

ソウルイーター、赤子の魂を宿主《しゅくしゅ》にしつつ喰らい変化する魔龍。

魔龍は周りの人間を――男の子含めて吹っ飛ばし、私に向かって前足を振り下ろしてきた。

開け放ったかぎ爪《づめ》、それだけで貴賓席を覆《おお》うほどの巨大さ。

なぜあんな幼い女の子が？　という疑問が、私の動きを普段よりも数秒遅らせた。

私をよく知る者ならば棒立ちに見えてしまったであろう、そんな数秒間の戸惑《とまど》い。

初動が遅れた私の前に、一つの影が飛び込んできた。

真横にいた、ずっと黙々と給仕をしている村娘だ。

彼女は私の前に両手を広げて仁王立ち、私をかばうようにソウルイーターに立ち塞《ふさ》がった。

まったく躊躇《ちゅうちょ》のない動き、自分の命など少しも惜しくない動き。

「無礼者！」

「……チョーセン!?」

声、言葉遣《づか》い、そしてまっすぐ魔龍を睨《にら》みつけるその横顔。

父上が屋敷に置いてきたというチョーセンだった。

彼女は、死すら恐れない動きで私をかばった。

……そんな必要はなかった。

確かに戸惑った、確かに初動が遅れた。

それで魔龍ソウルイーターに先制されたけど、今の私にはそれくらいのことどうということはなかった。

右手を握って、引いてから振り抜く。

チョーセンの肩越しに、魔龍のかぎ爪と打ち合った。

ミシッ。

貴賓席の台座が少し沈み込んだ。

ドゴーン!!!

ソウルイーターが空に向かって二〇メートル、儀式の高台よりも高く吹き飛ばされた。

機を逃さずホムンクルスを作り、ハーシェルの秘法で魂を抜き、また戻す。

赤子の魂を抜かれたドラゴンは、みるみるうちに元の幼い少女の姿に戻って、ゆっくりと私の力に包まれて、地面に着陸する。

まるで一瞬の幻、その場にいたものたちが全員きつねにつままれたような気分になる中。

「ふん」

チョーセンは一人変わらず、傲慢《ごうまん》な口調で。

「分をわきまえない慮外者《りよがいもの》ですわね」

ことともなさげに、ソウルイーターの変化も気にも留《と》めず。

今は倒れてる少女に吐き捨てたのだった。

13 ✦ 善人、トラブルメイカーも受け入れる

夜、カーライル屋敷。

サネット村のお祭りが終わって、屋敷に戻ってきた私は父上の執務室にいた。

執務室の中には父上と私、そしてチョーセンの三人。

座っている父上、横に立つ私、正面に罪人の如《ごと》く立たされるチョーセン。

私の書斎ではなくここなのは、チョーセンは今父上に預かってもらってるからだ。

「なぜサネット村にいた」

詰問《きつもん》も、私ではなく父上が行った。

「こ、国父《こくふ》様のメイドだからですわ」

父上に気圧《けお》されつつも、チョーセンは強がって答えた。

「私は屋敷にいろ、と言った」

「うっ……」

「アレクのそばにいたい。それ以外の申し開きは」

「ありませんわ」

チョーセンは即答した。

トラブルメイカーだが、すがすがしさも感じる。

「わかった。アレク」

「はい、父上」

「処分はお前に任《まか》せる」

「いいのですか父上」

思わず眉をひそめて訊《き》き返した私。

もちろんこの件だけの話ではない、字義通りではない。

チョーセンが姿を見せる前、つまりソウルイーターが現れる直前に、父上とエリザの話をしていた。

エリザが「チョーセンを切れ」と忠告してきたことを父上に話している。

それなのに、父上はチョーセンを私に返してきた。

……いや、それだから、か。

「なにを言う、お前のメイドだろ」

「……それもそうですね」

私はゆっくりチョーセンに向き直った。

「待ってください国父様」

「なんだい？　何か追加で申し開きが？」

「いいえ」

チョーセンはものすごく落ち着いていた。

「もう少しで到着するはずですわ」

「到着？」

「ええ」

どういうことなのかと不思議がっていると、執務室のドアがノックされた。

入ってきたのは、父上のメイド。

元メイド長で、アメリアにそれを譲った後は父上の身の周りの世話だけをしている。

一応目付け役ということだが、アメリアはちゃんとやっているのでそれも有名無実だ。

「旦那《だんな》様、お客様がお見えになられてます」

「客？　こんな時間にか？」

「オーイン公爵《こうしゃく》のご家人とのことで」

私と父上が揃《そろ》ってチョーセンを見た。

「来ましたわね」

チョーセンが笑顔で言うと、私は父上で互いを見比べたのだった。

☆

玄関に出ると、そこに二人の少女がいた。

「お姉様！」

「来たわよ」

二人は私の隣にいるチョーセンにまず視線がいった。

すぐに駆け寄らなかったのは、私と父上――公爵と国父が目の前にいたからだろう。

その二人の向こうに荷物がある。

どう見ても旅程度じゃすまない、引っ越しのような荷物だ。

「これはどういうことなのチョーセン」

「妹たちを全員呼び寄せましたわ。どうか国父様のメイドにしてくださいませ」

猪突猛進《ちよとつもうしん》でトラブルメイカーだが、私への信奉は本物のチョーセン。

彼女はこいねがうような口調で、私に言ってきた。

「それはいいんだけど、全員？」

「はい、わたくしたちは三姉妹ですわ」

「それは、いいの？」

さすがに驚いた。

私の周りに次々と令嬢メイドが送られてきたのは、本人たちはともかくその父親たちからすれば、一種の政略結婚のように捉《とら》えている。

正室はアンジェ、そう決めて公言もしている私は、今まで山ほどのお見合いのような話を断ってきた。

ホーセンの「一〇〇〇から先は数えてない！」がその数の多さを物語っている。

それをメイドなら受け入れる、というのが知れ渡ったものだから、みんなこぞって送ってきた。

だからこそ、そういう性質があるからこそ、みんな「一人」だけなのだ。

娘が複数いるところは一人を、娘がいないところは急遽《きゅうきょ》養女に取ってそれを送り込む。

そういうのがほとんどだった。

養女を取ってでも私のところに送り込んできたのは、貴族になって十数年たつとはいえ、初めてのことでちょっと驚きもした。

それはともかく。

どこもかしこもコネを作るために一人だけ送ってきたのに、チョーセンは自分だけじゃなく、妹たちも招いた。

しかも、全員。

「本当にいいの？」

　びっくりしすぎて、思わず二度訊《き》いてしまった。

「おっしゃりたいことは分かります。ええ、お父様とケンカになりましたわ。もちろんねじ伏せましたけど」

「そこまでしたの？」

　これは完全にオーイン公爵が正しい。

　卵を全部一つのバスケットにぶち込むのは戦略的に愚かな行為だ。

「当然ですわ。国父様のおそばが世界一幸せなのです。お父様は男だからお分かりになってませんの」

「私は男だが分かるぞ」

「公爵様はもっと、国父様のお父様という立場が、いかに恵まれていると自覚なさった方がよろしいですわ」

「……うむ、これは猛省案件だな」

　いやいや父上、そこで納得させられてどうするんですか。

　というかあなた今軽く説教されましたけどいいの？　内容アレなんだけど。

　……いいんだろうなあ、父上のことだから。

　一方で、父上をしかりつけたチョーセンは、私のことをまっすぐと見つめて、許しを乞《こ》うてきた。

「妹たちも、どうか国父様のメイドに」

「……」

本物だった。

思い込みが強くて言うことも聞かないしそれでいろいろトラブルを起こしてきたけど。

チョーセンの思いは本物、そう感じた。

まずは……二人の妹はまだ何もやらかしてないから。

「分かった。二人ともメイドにするよ」

「ありがとうございます！　ほらあなたたちも」

「あ、ありがとう！」

「ちゃんと働くわ」

そして、チョーセンは……。

「チョーセン、キミのことだけど」

「はい」

チョーセンは迷いのない目を私に向けてきた。

「キミも僕のメイドに戻って」

「いいのかアレク」

「はい父上、目の届くところにおいた方が、まだ」

「そうか、それもそうだな。ではチョーセン・オーイン、お前の罰を今この場をもって解く。これからちゃんとアレクのために働くように」

「もちろんですわ」

チョーセンはさも当然と言わんばかりに、胸を張って言い放った。

メイドの態度じゃないねそれ。

「あれ？」

話が一段落したところに、屋敷のドアが開いて、エリザが入ってきた。

「ご主人様？　どうしてこんなところに？　それにお客様？」

屋敷に入ってきたエリザは私を「ご主人様」と呼んだ。

それはつまり、またメイドをしに来たと言うことだ。

そのエリザに対して、チョーセンが。

「あなた、またサボってましたの？」

と怒った。

「サボりじゃないわよ、ちゃんとご主人様に認められてる休暇なんだから」

「いいえサボりですわ。そもそもあなたは国父様のメイドだという自覚がないのですか。なぜこうもいちいち休暇を取っていなくなることが出来るのですか？」

思いっきり説教してしまうチョーセン。

なんともすごい光景だった。

公爵令嬢が皇帝に対して「メイドの自覚はあるのか?」と説教している。シュールな光景だ。

もっとすごいのは、父上もチョーセンもそれをおかしいと思ってなくて、さらに――

「あるわよ、メイドの時はちゃんと働いてる」

エリザさえも同じリングに立って話をしているところだ。

「……ねえチョーセン」

「なんですか?」

「もしもさ、ものすごい人が僕のメイドだったら、どうする?」

あまりにもエリザとのやりとりがすごかったので、思わず訊いてみた。

その質問をされたチョーセンは迷いなく即答した。

「アスタロトのことですわね」

「え?」

「国父様が神を従えているのは周知の事実。しかしたとえ神だとしても何も変わりませんわ。国父様のメイドなら何者だろうとただのメイドですわ」

「いや神じゃなくて、もっとわかりやすいすごいの」

皇帝とか。

「なんであれ一緒ですわ」

やっぱり迷うことなく即答するチョーセン。

……すごいな。

私が思っているより、チョーセンはすごい女の子だった。

「メイドとしての自覚って話ならこっちも言わせてもらうけど、ご主人様の命令なしに勝手に動くメイドってどうなのよ」

「うっ、そ、それは……」

「自分の判断で動きたければせめてメイド長になりなさいよ。ただのメイドにそれはありえない。そうでしょう」

「ぐぬぬぬ……」

同じステージでエリザにやり込められているチョーセン。

「国父様ならその程度のことでびくりともしませんわ」

「ご主人様に迷惑だって分かってかけるんだ、メイドが」

「ぐぬぬぬ……」

さらに反撃しようとするが、やっぱりやり込められるチョーセン。

彼女は屋敷に来たときと何も変わらないし、これからも多分なんだかんだでトラブルを起こすだろうなあ……と思ったけど。

ぎゃあぎゃあ言い合うチョーセンとエリザの姿を見て、多分大丈夫かなあ、と私は思ったし。

「あ、あの……これからよろしくお願いいたします」

「あなたのために働くわ」

チョーセンの妹たちは嬉しそうで、早速幸せそうな顔をしているので。

これでいっか、と思ったのだった。

第十二章

01 ◆ 善人、馬車の姫を助ける

A good man,Reborn SSS rank life!!

「じゃあ、シャオメイは預かるよ」

魔法学校の入り口、私とシャオメイと校長のイーサン。

定例の授業を済ませた後、私のところで研修をすることになってるシャオメイを連れていくことにした。

「シャオメイ君をよろしくお願いします」

「それはいいんだけど……どうして向こうにあんなに生徒たちがいるの？」

気になった私は校長に聞いてみた。

校長の向こう、魔法学校の敷地の中。

物陰に隠れて――大勢過ぎてまったく隠れてない、生徒たちがこっちを見ていた。

「みんな自発的に集まったのです。副帝……いえ、国父《こくふ》殿下に直々《じきじき》に連れていってもらえるシャオメイ君が羨《うらや》ましいのでしょうな」

「なるほど」

確かによく見れば大半の生徒たちは目をキラキラさせている、一部ハンカチを嚙んで悔しがってる人や、涙を流して悔しがってるのもいる。

羨ましい、か。

「だからシャオメイ君。ちゃんと勉強をしてくるんだよ」

「はい！　校長先生」

シャオメイが返事したあと、私は彼女に手を差し伸べた。

シャオメイはおずおずと私の手を取った。

生徒たちから歓声が上がった。

「じゃあ、行くよ」

「はい」

シャオメイを連れて、飛行魔法で空に飛び上がった。

他の生徒たちにもよく見えるように、ゆっくりと飛び出して、カーライル屋敷の方角に向かった。

徐々に速度を上げていく私、シャオメイがぎゅっとしがみついてくる。

「大丈夫？　速度を落とそうか？」

「だ、大丈夫です」

慌《あわ》てるシャオメイ。

「大丈夫ならいいんだけど、そうだね、安全のためにもっとしがみついてもいいよ」

怖いのを認めるのが恥ずかしいかもしれないシャオメイに、別のいい訳を与えた。

「はい……」

するとシャオメイは恥ずかしそうに頬を染めながら、さっきよりもさらに強くしがみついてきた。

怖いかもしれないのなら、あまり高速で飛ばないほうがいいだろうな。

私は普段の七割程度の速度で飛んで、ゆっくりと屋敷へ戻っていく。

「あれ？」

気になるものを見つけて、私は空中で止まった。

「どうしたんですかアレクサンダー様」

「あれ」

指さす先をシャオメイが見た。

「あっ、人が襲われてます」

魔法学校と帝都を繋《つな》ぐ、ものすごく整備された高速街道に一台の馬車が走っていた。

それを数頭の馬に乗っていた人たちが追いかけて、攻撃をしかける。

馬が殺され、馬車は横転した。

横転する直前に乗っていた者――二人の女の人が抜け出して、今度は走って逃げた。

それはすぐに追いつかれた。

片方は鎧《よろい》をまとった騎士姿の女だった、こっちはまだいい。

もう片方は上質なドレスを着た、お嬢様だかお姫様みたいな格好の子だ。

見た目通りあまり走れないその子を連れて逃げる女騎士はすぐに追いつかれて、馬に乗った連中に取り囲まれる。

これは……どう見ても。

「助けなきゃ」

「だよね」

私は再び飛び出した。

さっきに比べるとナチュラルに私にしがみつくシャオメイを連れて襲撃の現場に飛んでいく。

「げっへっへ……手こずらせやがって」

「こっちもおおっぴらに動けねえんだ、あんまり手間かけさせるんじゃねえよ」

「それもここまでだがな」

着地する寸前、聞こえてきた言葉、見えてきた襲撃者の格好。

てっきり盗賊か追い剝《は》ぎの類《たぐい》だと思っていたが、どうやらそうじゃなく何か訳ありのようだ。

「さあ観念しろ」

「くっ――」

女騎士が腰の剣に手をかけ、抗《あらが》おうとする。

そこに私が飛び込んだ。

シャオメイを抱いたまま着地して、背負ってる賢者の剣を抜き放ち、襲撃者全員の武器を破壊する。

「なっ！」

「てめえ何者だ！」

私の出現に驚く襲撃者たち。

困惑《こんわく》に動きを止めているところに、さらにたたみかける。

「行って、みんな」

号令をかけると、男たちの背後からメイドたちが出現した。

遮蔽物《しゃへいぶつ》のない街道、密集しているところに繋がっている私と男たちの影。

私の影に住んでいるメイドたちは、繋がっている別の影からも出てくることができる。

令嬢メイドが一斉に男たちの背後から出て、手際《てぎわ》よく彼らを縛りあげた。

男たちは全員馬から転がり落ちて、メイドたちは再び影の中に戻る。

ひとまず場が収まったのを確認して、私は襲われた二人の方を向いた。

「大丈夫なの——大丈夫だよ」

声のトーンを意図的にやさしくする。

襲われて逃げていた二人。女騎士はお嬢様の方をかばって、私に剣を向けている。

向こうからすれば私も警戒対象にみえるんだろう。

「通りすがりの者だけど害意はないよ」

「……」

女騎士は私を値踏みするかのようにじっと見つめる。

こいつは信用出来るのか……という声が聞こえてきそうな視線だった。

「失礼ですよ、ゼラ」

「おひ――リーチェ様……」

「剣を納めなさい。どう見ても私たちを助けてくださった方ではありませんか」

「……御意《ぎょい》」

ゼラと呼ばれた女騎士は言われた通り剣を納めた。

警戒は解いていないあたりが、生真面目《きまじめ》というか忠誠心が高いというか。

一方で、シャオメイが私に男たちの処遇を聞いてきた。

「アレクサンダー様。この人たちはどうしますか？」

「アレクサンダー!?」

それに激しく反応したのがゼラだった。

彼女はさらに私をじっと見つめる。

さっきとは違う種類の視線で。

「年齢は合う……特徴も……本物なのか？」

ぶつぶつと何か言ってから、おそるおそると訊《き》いてきた。

「もしや、アレクサンダー・カーライルなのか？」

「うん、そうだよ。キミたちは？」

「ほ、本物である証拠は」

ゼラはそれを聞いてきた。

「難しいね。一応こういうのを持ってるけど」

私は常に肌身離さず持ち歩いてる、必要な時に使う紋章入りの羊皮紙《ようひし》を取り出した。

「本物ですわ」

反応したのはリーチェだった。

彼女は一枚の封書を取り出した。

開封されているが、封のところに私の印が押されているもの。

「失礼しました！」

ゼラはパッと頭を下げた。

疑うところも、すぐに頭を下げるところも、いかにも堅物の女騎士っぽい。

「僕を探してたの？　何の用かな」

「姫様の、リーチェ王女殿下の亡命を手伝っていただきたく！」

亡命？

私はリーチェの方を見た。

彼女は、救いを求める目で私をじっと見つめていた。

02 ◆ 善人、本物の姫をあっさり見抜く

A good man,Reborn SSS rank life!!

私がアレクサンダー・カーライルだと知った二人は居住まいを正して。

「私はゼラ・ビレオ。こちらは我が主《あるじ》、リーチェ・シルバームーン殿下であらせられます」

「シルバームーン」

思わずオウム返しでつぶやいた。

その名前は知っている。

帝国の周辺にある、いくつかの属国のうちの一つの、王家の名前だ。

「なるほど、だから姫なんだね」

女騎士ゼラが頷《うなず》いた。

「はい」

「亡命の手伝いをしてってのはどういうことなの？」

「我が国は一〇〇年前に帝国に降って以来、ずっと恭順《きょうじゅん》を示して参りました」

「そうみたいだね」

背中に背負ってる賢者の剣に、リアルタイムでシルバームーンの歴史を訊《き》く。

答え合わせを兼ねて、また嘘を言っていないかの用心も兼ねてだ。

「我が国は帝国との戦いを二度と望んでおりません、国力が違いすぎる上に、我が国は先祖代々の土地を、霊地を守れさえすればそれでよいのです」

「なるほどね」

霊地。

シルバームーン王家に伝わる聖地。

そこに住まう限り、王家の人間は死ぬまで若さを保っていられるという。

かつてはそれで不老不死になれると勘違いした帝国が軍を進め、攻め落とした。

しかし実際に不老不死になれるのは「霊地に住むシルバームーンの直系王族」と知った当時の皇帝は諦《あきら》めざるをえず、適当に属国化して軍を引いた。

「ですが、それをよく思わない勢力も王族の中に……」

説明を続けるゼラの顔が一瞬歪《ゆが》んだ。

「それらの者が力を増し、今が好機――」

言いかけて、ハッとするゼラ。

堅物の女騎士は死ぬほど怯《おび》えた表情で私を見る。

「言ってみて、まずは事実を知りたい」

「……はい。反乱が頻発《ひんぱつ》している帝国が弱体化している今こそが好機。挙兵して帝国から独立するべきだ、と」

「なるほど」

耳の痛い話だ。

これはエリザのせいに見えて、しかしエリザのせいではない話。

エリザの父親、前の皇帝は愚帝《ぐてい》と言っていい人間だった。

生まれ変わりの審査の時に見かけた、Dランクに審査されて平民に落とされたほどの人間だ。

その愚帝は圧政を敷いたが、同じくらいの力で反発を抑えた。

対して今の皇帝、エリザベートは賢帝《けんてい》の類《たぐい》だ。

善政を敷いてはいるが、それは対照的に「緩《ゆる》くなった」ということでもあるので、エリザの即位からこっち、反乱は頻発していた。

つまり父親の負の遺産に喘《あえ》いでいるのだ、エリザは。

「帝国と戦っても勝てはしない。あの時の……」

ゼラが苦虫を噛み潰《つぶ》した様子でつぶやく。

なるほど状況はだいたい分かった。

「国内にいると反乱の神輿《みこし》に担《かつ》ぎ上げられる。断っても殺される、乗っかっても帝国に鎮圧されて殺される。助かるとしたら今このタイミングで逃げるしかない。だね」

ゼラが静かに頷いた。

「なるほどね」

私はゼラ、そしてリーチェを順に見た。

話は分かった。

相談がいるな。

「エリザ」

私は影の中にいる、メイドエリザを呼び出した。

エリザはメイドらしい赤ら顔で出てきた。

「お呼びですかご主人様」

「意見が聞きたい。今の皇帝は亡命、たれ込みをしたら赦《ゆる》しそう？」

「一般論でよろしければ――このタイミングならば責任を問うのは理に反してます」

エリザは皇帝ではないていいで答える。

なるほど、エリザは受け入れるつもりはある、と。

うん？

どうしたんだろう、エリザがちょっと不機嫌な顔で私を見ている。

「どうしたのエリザ？」

「……」

無言のまま、ふてくされるエリザ。

少し考えて、分かった。

エリザは父親とは違う、賢帝たらんとしている。

一般論でも分かるような話をあえて訊いた私に腹を立てているのだ。

「ごめん、訊くまでもなかったことだね」

「いいえ」

私が謝ると、少しだけ機嫌をもどしたエリザは影の中に引っ込んでいった。

後でもうちょっとちゃんと謝っとかないと。

それはそれとして、今はこの二人だ。

「分かった、受け入れるよ」

「本当ですか！」

「うん、陛下はちゃんと分かってくれる。僕が保証するよ」

ホッとするゼラとリーチェ、二人は互いに見つめ合った。

「それじゃ、まずは応急処置をしよう」

「応急処置、ですか？」

首をかしげるゼラ、何をされるのかと不審がっている。

私は賢者の剣を抜き、地面に突き立てた。

ヒヒカネイロの刀身で魔力を増幅する。

「今からプラウの結界というのを二人にかける。これをかけると、二人が一緒にいる間は、姫は何をされてもかすり傷一つつかない無敵状態になる」

「そんなものが……」

「うん、じゃあいくよ」

私は目を閉じて、二人に結界をかけた。

相手が二人ということもあり、賢者の剣という増幅装置と、常時魔力鍛錬をしてきたこともあり。

昔やったときよりも、スムーズに二人に魔法をかけることが出来た。

目を開けると、所在なさげで何か言いたげな二人の顔が見えた。

「心配しないで、もう大丈夫。これでお姫様はもう何をされても傷一つつかないよ。したいのなら、まずは護衛の方を殺さないとだめ」

「あ、ありがとうございます」

「ありがとう、ございますわ……」

やっぱり何か言いたげな二人だ。

ああ、種明かしは今のうちにしとこう。

私は睡眠魔法を使った。

今まで縛りあげて、わざと話を聞かせていた連中を眠らせた。

そして、賢者の剣を地面から抜き放って、軽くゼラを斬《き》りつけた。

袈裟懸《けさが》けに肩から斜めに振り下ろされる斬撃。

手応《てごた》えはあるのに手応えはないという、不思議な感触だ。

「こんな感じで、姫様は無敵。でも不届き者はキミの方を狙《ねら》ってくるから、無敵のまま戦えるよ」

「……え？」

「えええ⁉」

驚く二人。

「な、なぜ私に」

「もう大丈夫、この人たちは聞いてないから。キミが姫だよね。名前はゼラのまま？　それともあなたがリーチェ姫？」

「え、あ、その……」

隠していた正体を見抜かれて、女騎士が狼狽《ろうばい》する。

「ど、どうして……」

「原因は三つ。まず、キミの魂の方が綺麗だった」

ランクとはあえて言わずに別の表現をした。

「お姫様と……こっちは多分侍女《じじょ》かな？　魂が全然違うからね」

「……」

「それと魂と肉体の、融合度っていうのかな。長い年月かけて馴染《なじ》んだ魂と肉体って感じだった」

ソウルイーターの一件で、魂を抜いたり入れたりしてるうちに身につけた感覚だ。

「そして、最後に。これはキミのうかつだね」

「わ、私の？」

「さっき、一〇〇年前の戦いを実際に目《ま》の当たりにしたみたいなことを言ってたね。不老不死は霊地に住む直系王族だけだよね」

「あっ……」

ハッとして自分の口を押さえる女騎士――もとい、姫。

賢者の剣で最後の答え合わせをして、情報を引き出す。

「リーチェ・シルバームーン。今年で二五六歳なんだね」

彼女は、死ぬほどびっくりしていた。

03✦善人、水道工事をする

女騎士のゼラ改めリーチェ姫。

姫の姿のリーチェ改めゼラ。

この二人と、魔法学校から連れてきたシャオメイ。

総勢四人で、飛行魔法を使ってカーライルの屋敷に飛んだ。

「あの……アレクサンダー様」

空の上で、シャオメイがおずおずと訊《き》いてきた。

「なんだいシャオメイ」

「あの人たちは何もしないままで良かったのですか？」

「リーチェ姫を襲った人たちのことだね」

頷《うなず》くシャオメイ、連れて飛んでいるリーチェ姫もゼラも一瞬だけびくっとした。

自分たちに関係あることだから、気になるのだ。

「うん、何もしないよ。あのまま放っておけば自力で脱出して、噂《うわさ》を広めてくれるだろうね」

「そう。狙《ねら》うとしたら騎士の方から狙わなきゃいけないという噂と、リーチェ姫は帝国の国父《こくふ》に保護されたという噂。この二つを広めてもらいたいから、あのままにしておいたんだ」

「噂、ですか？」

「そうだったんですね」

シャオメイは静かに、納得した様子で頷いた。

同時にリーチェもゼラもホッとしたのが分かった。

そんな三人を連れて飛んでると、すぐに屋敷に辿《たど》り着いた。

庭の一角、あえて広くして何もないスペース。

私が戻ってくる時の着陸用にしているスペースだ。

そこに、三人の女性をゆっくり下ろす。

少し離れたところにメイドがバタバタ走っていくのが見えた。

なにやら慌《あわ》ただしい様子だ。

「アグネス」

私のメイドである彼女を呼び止めた。

アグネスは立ち止まり、私だと知ると、嬉しそうな顔で駆け寄ってきた。

「お帰りなさいませご主人様」

「うん、ただいま。それよりもどうしたんだい？　なんだか慌ただしいみたいだけど」

「屋敷の水道がちょっと破損してしまったので、今修理しているところなのです」

「それは大変だ」

このカーライル屋敷や王宮、あるいは帝都など、ある一定以上の生活水準の建物や街には水道が作られている。

安定した水の供給は衛生に大きく関《かか》わる、それがあるだけで病気にかなりなりにくい。

建国したときにそこにかなりお金をかけたことが、その後の帝国の強さに繋《つな》がった。

「……」

何となく水道建設を命じた初代皇帝が生まれ変わった時の魂のランクが気になった。

そして前皇帝がいろいろやらかしても帝国は大して揺るがないのは水道のおかげが大きいのだと思った。

「そっか、ごめんね呼び止めてしまって。修理頑張ってね」

「はい！　ご主人様」

「アレクサンダー様、私も手伝いに行っていいですか？」

「シャオメイが？　そっか、氷の魔法が得意だもんね。頼めるかな」

「任せてください！」

意気込むシャオメイはアグネスと一緒に去っていった。

あの様子なら今日中に修理が終わるだろうと思った。

さて、次は二人を安置する……と思って振り向いたが。

女騎士姿、というより今となっては姫騎士だなというリーチェが、ものすごく驚いてるのが見えた。

「どうしたのリーチェ姫」

「あの子……アグネス・メンバーなのでは？」

「知ってるの？」

「ええ、メンバー子爵《ししゃく》とはそれなりに付き合いが。最後に会ったのはこれくらい小さい時だったのだけれど」

リーチェは自分の膝《ひざ》くらいの高さに手のひらをかざした。

そのくらいだと一歳か二歳かってくらいだろう。

面影《おもかげ》はあるかどうかだし、アグネスが気づかなかったのも頷ける。

そんなリーチェとゼラを連れて、屋敷の中に入って、私の書斎に直行した。

机にちゃんとした紙を出して、正式な文字で手紙を書いて、封筒に入れて私の印で封をした。

そして二人が不思議がっている中。

「エリザ」

影からメイドエリザを呼んだ。

「お呼びですかご主人様」

相変わらず完璧にメイドとして振る舞うエリザ。

彼女に封筒を手渡した。

「キミに任務、皇帝陛下にこれを渡してきて」

「陛下に、ですか」

「うん。一〇〇パーセント陛下の手に渡る。それが出来るのは君しかいないから」

「分かりました。お任せください」

「陛下の返事もらってきてね」

「はい」

エリザは頷き、封筒を懐《ふところ》の中に入れて、メイドの一礼をして書斎から出た。

それを見送ってから、二人の方を向く。

「何日かしたら返事が来るから、それまで待っててね」

「はい」

二人は——特にリーチェは見るからにホッとした。

それで力が抜けたのか、彼女はふらついて、そのまま崩れ落ちるように倒れてしまった。

「リーチェ!?」

「姫様！」

姫姿のゼラが慌ててリーチェの上半身を抱き起こす。

「大丈夫……あれ、を……」

「はい！」

ゼラは慌てて手のひらサイズの水筒を取り出して、リーチェの口元につけてやった。

一瞬で紙のような顔色になって、まるで重病人のようになったリーチェは、弱々しく喉《のど》を上下させ、それを呑み込んだ。

すると、真っ白だった顔色に少しだけ赤が戻ってきた。

「どうしたの？　何の病気？」

弱って返事が出来ないリーチェに代わって、今まで一歩引いていたゼラが答えた。

「姫様は霊地から出たらこうなってしまうんです。霊地から出ている大地の力がないと姫様は……」

「なるほど」

ゼラの説明を聞いて一瞬で状況を理解した。

霊地の中にいれば不老不死なのだろうが、逆に霊地から出たら死にかねない。

条件付きの不老不死ってことだ。

「じゃあその水は？」

「霊地の中心、聖なる泉の水です。霊地の力を多く含んでいるこれを飲めば少しは凌《しの》げます」

「じゃあそれがなくなるとまずいんじゃ？」

ゼラは重々しく頷いた。

「そっか、じゃあまずはそれをなんとかしないとね」

「み、水を手に入れてくださるんですか⁉」

まるで救世主を見たかのような、希望の顔をするゼラ。

「とりあえずついてきて。歩けるかな」

「はい……」

まだ顔色がそれほど良くないが、それでも歩けるくらいには回復したリーチェ。

そんなリーチェとゼラを連れて書斎から出た。

「リリィ」

「はい！」

影からメイド・リリィを呼び出す。

「今空《あ》いてる客間は？」

「こちらです」

リリィの先導で歩きだす。

カーライル屋敷は元々公爵家《こうしゃくけ》の屋敷、賓客《ひんかく》がかなりの頻度《ひんど》でやってくる。

私がいなくても、皇帝が来ることも少なくない。

そのため、客間はかなり豪華に作られている。

そのうちの一つに、リリィの案内でやってきた。

「ご苦労様」

「はい！」

ねぎらわれたリリィは嬉しそうに影の中に戻っていった。

私はリーチェたちに振り向いた。

「この部屋で大丈夫？　しばらく二人に使ってもらうけど、気に入らなかったら別の部屋に代えてもらうよ」

「お気遣《きづか》い感謝します。助けていただく身分で、それ以上のわがままは」

「そっか、じゃあここってことで」

私は背負っている賢者の剣を抜き放ち、床に突き立てる。

魔力を増幅して、まずは部屋に結界を張った。

「これで良し」

「感謝します」

「するのは後でね」

「え？　この結界で私たちを守るということなのでは……？」

「ちょっと違う。ゼラ、さっきの水、ちょっとだけもらえないかな」

「えっと……」

ゼラは主人であるリーチェに確認の視線を向けた。

大事なもの、主《あるじ》の命を繋ぐもの。

二重の意味で、彼女の一存では決められない。

許可を求められたリーチェが静かに頷くと、ゼラは水筒を取り出し、私に手渡した。

私は水筒を開けて、少しだけ賢者の剣に垂らす。

水滴は賢者の剣に触れた後、少し浮かび上がって、空中で球のようになった。

「ありがとう」

水筒をゼラに返す。

賢者の剣――ヒヒイロカネを通して、聖なる泉の水の力を感じる、覚える。

そして覚えたものを、賢者の剣を通して、意識を広げていった。

地中を通って、意識を拡大。

同じ力を探して――あった。

この水よりももっと濃厚な、もっと純粋で雑味のない。

そんな大地の力を見つけた。

力を込める、管を地中に作る。

大抵の場合の力は水やニオイと同じように、多くて濃いところから、少なくて薄いところに流れる。

地中に管という、力の通り道をつなげてやると、その力は管を通ってこの部屋に流れ込んできた。

流れ込んできた霊地の力は、結界に閉じ込められ部屋に充満する。

みるみるうちに、関係のない私でも分かるほどの、濃厚で通常とは違う「力」で部屋が満たされていった。

さっきに比べて格段と顔色が良くなったリーチェ。

一方で、何が起きたのか信じられないって顔をする。

「こ、これは……」

「霊地から力を引いてきた、これで大丈夫かな」

「え、ええ……こんなことが出来るなんて……」

二〇〇年以上生きてて思いもしなかった、と。

リーチェは驚嘆《きょうたん》した。

04 ✦ 善人、皇帝と以心伝心

次の日の朝、起きた私は身支度を調《ととの》えてから、客間に向かった。

穏やかさを意識しつつドアにノックをして、向こうが応じたのを確認してから部屋に入る。

廊下とはまったく違う空気の客間に、リーチェとゼラの二人がいた。

「おはよう。調子はどう？」

聞くと、昨日よりも遥《はる》かにいい顔色をしているリーチェが答えた。

「ありがとうございます、まるで国に、霊地にいるかのような感じです」

「そっか、それは良かった。何か不都合があったらすぐに言ってね。出来る限りの対処はするから」

「ありがとうございます」

「ゼラ……だっけ。キミも何かあったら何でも言って」

「わ、私のようなものにもったいないお言葉」

結界が張られている客間の中ということもあり、二人の他には事情を知っている私だけということもあって。

ゼラはすっかり恐縮して、おそらくは元々の侍女《じじょ》としての振る舞いになった。

「うん、でも何かあったら言ってね。キミも僕の大事なお客さんだから」

「はい……」

顔を赤らめ、うつむいてしまうゼラ。

はいとは言ったけど、この手の子は結局恐縮しがちだから、もっと注意して見てあげないと。

ある意味リーチェ以上に気を配らなきゃ、と思っていたところに、客間のドアがノックされた。

落ち着いていたリーチェとゼラが同時にビクッと身がすくんだ。

「誰？」

「エリザです」

「うん、入って」

私が応じ、エリザが部屋に入ってきた。

昨日皇帝に連絡するために走らせたメイド、事情を知っているメイドだと理解した二人は、一瞬ホッとして、また違う緊張が顔に出た。

皇帝の返答いかんでは王国が滅びる。

そう思えば緊張するのも仕方ないところだ。

一方で、緊張する必要のない私は微笑みながらエリザに振り向いた。

「お疲れ様エリザ。陛下はなんて？」

「口頭のみでの言付けを頂《いただ》きました」

「おお。良かったね」

振り向き、リーチェとゼラに言う。

二人はきつねにつままれたような顔で、同時に首をかしげた。

「良かったって、どういうことなのですか？」

鎧《よろい》を外して、騎士のアウターのみを身につけているリーチェが訊《き》き返してきた。

「陛下は言付けのみを返してきた、それはつまり証拠を残したくないからなんだ。帝国皇帝として正式に反乱があるかもしれないと認識して何かの文書に残してしまうと、正式な対処をせざるを得なくなるでしょ」

「あっ……」

「この場合の正式というのは──」

「皇帝親衛軍での鎮圧……」

頷《うなず》く私。

説明を受け、リーチェはハッと理解した。

「そうですね、当然ですよね。皇帝が反乱を知って見過ごすなどありえませんね」

「うん。その分口頭のみの返事なら言った言ってない、水掛け論で終わらせることができるからね」

「さすがご主人様。陛下もそのようなことをおっしゃってました」

私はにこりとエリザに微笑んだ。

エリザも笑顔を私に返した。

エリザの正体を知ればこれほど白々しいやりとりもないが、それが意外に面白くて、私たちはある種の共犯になったような、連帯感を互いに感じた。

「陛下は諸々《もろもろ》に対して一言。任《まか》せる、とだけおっしゃってました」

「うん、分かった。『ありがとう』」

いくつかの意味を込めて、エリザに「ありがとう」と言った。

エリザはメイドだが、帝国の皇帝だ。

皇帝陛下に全幅の信頼を寄せられるというのは結構嬉しいことだ。

「こうなると、僕がこっそり王国に行って、こっそり事を解決した方がいいね」

王女が亡命しなきゃならないほどの反乱だから、完全にこっそりって訳にもいかないだろうけど。

まずは、王国入りする言い訳を見つけないと。

私は少し考えて、ストーリーを作る。

そして賢者の剣に知識を求めて、ストーリーのための小道具の候補を聞いた。

「リーチェ、王国には黄金林檎《りんご》という名産があるらしいね」

「え、ええ……霊地でのみ育つ、収穫するまでずっと木で熟成を続ける黄金林檎、のことですよね」

私は頷いた。

彼女の言うとおり、王国が世界に名をはせる名産品だ。

二五六歳ながらエリザと同じくらいの見た目年齢であるリーチェ。

そんな彼女の若々しい外見とおそらく原理が同じで、霊地にある林檎の木は実が生《な》っても落ちることはない。

ずっと枝の上で育ち、熟成を続ける。

歳月を重ねれば重ねるほど美味になるそれ、一〇〇年物の黄金林檎ともなると、一つで家が買えるくらいの値段になる。

「それがどうしたのですか？」

「陛下に黄金林檎を献上したいね。貴重なものみたいだし陛下に献上するものだから、僕が実際に取ってこなきゃだね」

ものすごくわざとらしく言うと、リーチェもゼラもすぐに意味を理解した。

黄金林檎を口実に王国入りする。

「さすがご主人様、……さすが陛下」

　エリザが口を開く。

　私を持ち上げた後、とってつけたかのように皇帝《自分》にも言った。

「どういうこと？」

「こんなこともあろうかと、と陛下は別の言付けをくださっております。余に黄金林檎を持ってこい。とのことです」

「そっか」

　エリザと再び見つめ合う、またまた白々しい小芝居で、共犯者的な連帯感を覚えた。

　こんなこともあろうかとなんてことはない、全てはこの場の即興劇だ。

　エリザの協力を得て、私は王国入りの口実を得た。

☆

　客間の外、アレクの父と母が壁にコップを当てていた。

　部屋の中のやりとりを盗み聞きしようとしているのだが、元メイド長だったメイドが困った顔で訊いた。

「旦那《だんな》様、そのようなもので聞こえるのですか？　結界が張られているとお聞きしてますが」

「愚問！　アレクへの愛があれば越えられない結界などない。いざとなれば耳ではなく心で聞けばすむことだ」

「もうあなたったら、そんなことを言うとまたアレクに複雑な顔をされますわよ」

「むぅ、それはまずいな。いやしかし、さすがはアレクだ」

「そうですわね、陛下とあんなことができるのは、世界広しといえどアレクただ一人ね」

アレクとエリザのやりとりを聞いた上、エリザの正体を知っている二人はしきりに感心した。

「くっ、これを世界中に自慢出来ないのが口惜《くちお》しい！」

「いいではありませんか。たまにはこういうことも。私たちだけが知っているアレクの偉業。役得ですわ」

「うむ！　それもそうだな！」

両親はいつものように、アレクの知らないところで大いに盛り上がっていたのだった。

05 ✦ 善人、敵を完全に騙す

シルバームーン王国に向かう馬車の中。

私の魔法で自動操縦している馬車の中は、私とエリザの二人だけだった。

エリザはメイドの格好をしていて、馬車の中での席順もそれに準じたものだ。

馬車に複数人で乗るときは互いの身分や関係性によって座る場所が変わる。

今は私が上座《じょうざ》で、メイド・エリザは下座《げざ》に座っている。

メイドでいる時のエリザはこういうところも徹底している。

「本当に良かったのですか、ご主人様」

「何が？」

「あの二人も一緒に連れてきて」

エリザにそう言われて、私は足元を見た。

馬車という室内故《ゆえ》に、薄らぼんやりとしか見えない私の影。

その中にリーチェとゼラの二人がいる。

「キミがそれを指摘するなんてちょっと意外だね」

率直に私は驚いた。

皇帝エリザでもメイドエリザでも、

「こういう時、僕のそばが一番安全だ！　って言うものだと思ってたよ」

「それはそう」

エリザはノータイムで頷《うなず》いた。

それはそうなんだ。

「そうじゃなくて、そうやって連れてきたら……」

「来たら？」

首をかしげる私、エリザは顔を赤らめて答えた。

「影に入れて連れてきたら、皆と同じ、居着いちゃうじゃん……」

ぼそぼそと何かをつぶやくエリザ、よく聞き取れない。

聞き取れないけど、あえて訊《き》き返さなかった。

皇帝でも、メイドでも。

エリザは聡《さと》い女の子だ。

少なくとも。「必要なこと」ははっきりと言えるタイプの子。

はっきり言わない以上、それは必要のないことだと私は考える。

それはどうやら正解で、ほんのわずか数秒で、エリザは何ごともなかったかのように、いつもの表情で私を見つめてきた。

「それでご主人様、これからどうするの？」

「うん、まずは黄金林檎《りんご》を取りに行く」

「取るの？」

「建前はしっかりやらないと誤魔化せないでしょ」

「それもそっか。私に手伝えることは？」

☆

シルバームーン王国、霊地フラジャイル。

霊地という名の王都だが、実際のところ田舎《いなか》の大きな街という程度の規模しかない。

帝国の属国だと思えばこんなものかと感じるし、王都がこの規模ならリーチェが「帝国には絶対に勝てない」と思うのも無理はない。

その王都の外に、身なりのいい一行が私たちを出迎えに出てきていた。

後方に百人くらいの兵士と、中ほどにざっと二十人くらいの文官、そして先頭に身なりはいいが、気が弱そうな中年の男。

私がエリザをひき連れて、馬車から降りて向かっていく。

通常の会話が出来る程度の距離まで近づくと、中年は帝国式の礼法に則《のっと》って地面に膝《ひざ》をついた。

「オーロラ・シルバームーン。国父《こくふ》殿下に謹《つつし》んで拝謁《はいえつ》いたします」

オーロラに続いて、文官たちも兵士たちも、ぞろぞろと地面に膝をついた。

百人を超す面々が膝をつくという光景は結構壮観だった。

「オーロラさん、ってことは王様なんだね」

「はい」

「そっか。うん、分かったからもう起きて。このままじゃ話も出来ないから」

国王とはいえそこは属国、そして私は国父という帝国の超高位者。

オーロラは、普通に臣下の礼を取った。

「来る前に調べたんだけど、オーロラさん、今年で九〇〇歳なんだよな」

「帝国の慈悲で、霊地に住み続けております」

私は改めて、九〇〇歳になるというオーロラを見た。

とても九〇〇歳には見えない中年の男、そこは二五六歳でまだまだ少女っぽく見えるリーチェと同じだ。

霊地に住んでいる直系の王族だから不老不死、それで九〇〇歳なのにまだ中年に見える。

見た目は若いが、どうにも弱々しくて、頼りない感じがする。

「手紙をもう読んでくれた？」

「はい、黄金林檎の木にご案内します」

「うん、お願いね」

私は頷いて、国父と国王の会話中故に一言も喋《しゃべ》らないでいたメイド・エリザを連れて、馬車に戻った。


「「「おおおおお⁉」」」

馬車に乗って動かすと、兵士らしき歓声が聞こえてきた。

「どうしたんだろう」

「自動馬車なんて普通は見ないから」

エリザが説明してくれた。

なるほど、それで驚嘆《きょうたん》の声が上がったのか。

国王オーロラと文官たちが先導して、兵士が護衛する。

その状態で、自動馬車を進めていった。

☆

人の脚でおよそ三十分くらいの距離を進んで、馬車が止まった。

幌《ほろ》を開けて、外を見ると。

「おお」

思わず、こっちが驚嘆の声を上げた。

幻想的な美しさだった。

黄金色のリンゴをつけた大樹が、太陽の光を反射して輝いている。

いやこれは反射だけじゃない、自《みずか》ら輝きを放っている。

そう、思ってしまうくらい、美しく幻想的な輝きだった。

馬車から跳び降りて、オーロラに話しかける。

「これが黄金林檎だね」

「さようでございます」

「こうまで美しいと、取っていくのに罪悪感を覚えちゃうくらいだね。本当にいいの？」

「もちろんでございます。むしろ国父様にお運びいただくまでもない、一言言っていただければ」

「陛下に献上《けんじょう》するものだからね、僕が自分でやらないとどうにも不安なんだ。……そうだ、一つ試食させてもらってもいい？　味を知らないまま献上するのはちょっとこわいから」

「もちろんでございます」

オーロラが命じると、文官の一人が大樹に向かい、よく熟した黄金林檎を取ってきた。

「取るとますます輝きを増すんだね」

「霊地の力で成長しております、いわば神樹でございますれば」

「なるほど」

オーロラが答えた後、文官に目配せした。

文官は慣れた手つきでリンゴを剝《む》き、それをあらかじめ用意した皿に載《の》せた。

オーロラが一旦受け取って、両手で私に差し出した。

「どうぞ、お召し上がりください」

「うん、ねえキミ」

私は振り向き、ついてきたエリザを呼んだ。

オーロラたちの前だから、名前では呼ばなかった。

「ちょっと試してみて」

「私が、ですか？」

驚くエリザ。

「うん」

「失礼ですが国父殿下、なぜメイドに……？」

「この子は僕のメイドの中でも一番陛下と親しい人でね、陛下の味の好みを世界中で一番よく知ってるといっても過言じゃない」

「そうだったのですか」

「ってことで、はい、どうぞ」

私に促《うなが》されて、エリザは今一つ真意が分からない――って顔をしながらもリンゴを口に入れた。

「――!」

瞬間、目をカッと見開き驚いた。

「こ、これは」

「どうかな、陛下、このリンゴ気に入る?」

「うん!　絶対気に入ると思うよ」

「そっか。それはよかった」

エリザは本気で驚いていた。

ものすごく美味《おい》しい黄金林檎というのは予想していたが、その予想を遥《はる》かに上回ったって感じだ。

一瞬感情が素直にダダ漏《も》れした、うそでも作りでもないはずだ。

そんな黄金林檎を見て、大樹を見て、オーロラを見た。

「どうされましたか?」

「もう一つもらっていいかな」

「分かりました、おい――」

「ううん、僕が自分で」

オーロラに命じられて動きだそうとする文官を止めて、自分で大樹に近づく。

そしてあらかじめ用意していた袋を、手頃なリンゴに被《かぶ》せた。

黄金の輝きは袋に包まれて、見えなくなる。

「国父殿下、そのようなことをしなくても黄金林檎に虫はつきません」

文官の一人がそう言ってきた、若干《じゃっかん》見下したような声のトーンだ。

ガキが聞きかじった農業のテクニックを披露《ひろう》しようとしてるな――っていうのが何となく伝わってきた。

私は答えず、少し待った。

約三分ほど待ってから、袋を取って、リンゴをもいだ。

そしてそれを自分の手で皮を剝いて、皿に載せる。

「はい、どうぞ」

それをエリザに再び差し出す、エリザはパンパン、と自分の頰を叩いた。

おいしさは分かった、今度こそ無様な表情は見せないぞ、って意気込みを感じた。

しかし。

「あぁ……」

リンゴを食べた瞬間、エリザの目はトロンとなった。

恍惚《こうこつ》な表情を浮かべて、へなへなとへたり込んでしまう。

「こ、これは？」

「王様も食べてみて」

そう言ってオーロラにもリンゴを差し出す。

おそるおそるリンゴを口にしたオーロラも同じように恍惚な表情を浮かべ、感極まってしまう。

保存袋の応用、肥料袋のさらに限定的な応用。

魔力のない人を持ち主《ぬし》に設定すれば、袋の中は外よりも時間の流れが速くなって、物が超スピードで腐っていく。

しかし霊地に根を下ろす黄金林檎は腐らない。

加速しても、より熟成していくだけだ。

「これが出来るから、陛下は僕をここによこしたんだよ」

私は、オーロラたちに向かってそう言い放った。

☆

霊地フラジャイル、某所《ぼうしょ》。

顔をつき合わせている男二人が、安堵《あんど》した表情を浮かべていた。

「最初はどうなるかと思ってたが」

「うむ、あのアレクサンダー・カーライルが来るとは。我々の計画を見破られたのかと思ってたよ」

「しかしあのリンゴの美味たるや。あの用意周到さ、本当にただ皇帝のために林檎を取りに来たんだろうな」

「林檎ならいくらでもくれてやる、いい気分のまま帰ってもらおう」

「ああ、その間に義挙の準備を進めよう」

頷き合う二人。

アレクが黄金林檎の超スピード熟成を披露したことで、彼らは警戒を解いた。

それはアレクの狙《ねら》い通りで、彼らは完全に手のひらの上で転がされているだけなのだが。

当の本人たちは、まったくそのことに気づいていなかった。

06 ◆ 善人、内乱を促す

A good man,Reborn SSS rank life!!

夜、王国の迎賓館《げいひんかん》。

帝国の物に比べて華やかさは劣っているが、その分歴史と趣《おもむき》のある建物の前に、二組の人間たちが対峙《たいじ》していた。

片方は迎賓館の方を向いている、今から来るもの。

王国の大臣が率いて、兵士が護衛している、ベールを被《かぶ》った美女が約十人。

もう片方はたった一人のメイド。

その正体を知ったらここにいるものたちが全員腰を抜かすであろう、国父《こくふ》のメイド・エリザだ。

エリザは冷ややかな目で大臣を見た。

「話は分かった。その女の人たちをご主人様の夜用に連れてきたってことね」

「恐れ多くも、国父《こくふ》殿下の無聊《ぶりょう》をなぐさめる一助になれれば、と」

「うん、連れて帰って」

「それは……」

「ご主人様はそういうのが嫌いなの。貴族様たちが娘を送り込もうとしてもことごとく門前払い、そうなったのを知らない訳じゃないよね」

エリザの言葉に、大臣は「うっ」となった。

「それは、いえ噂《うわさ》というものは――」

「ご主人様はそういうのが大嫌いなの。通してもいいけど、首が繋《つな》がったままここから出れる保証はしないよ」

「……」

迷う大臣。

エリザがすぅ、と道を空《あ》けたのだが、このまま通っていいものかという迷いだ。

彼はさんざん迷ってから。

「お忙しいところ申し訳ありませんでした。今宵《こよい》のことは――」

「無かったことにしたげるから。あっ、普通のメイドならご主人様はそれなりだから、昼間になったら自分でご主人様に訊《き》いて」

そう言い残して、エリザは迎賓館の中に戻った。

今の言葉の真意を噛みしめようと眉をひそめる大臣をそこに置いたまま。

☆

部屋の中でくつろいでいると、エリザが外から戻ってきた。

眉が綺麗に逆ハの字になってる、なんかちょっとだけ不機嫌みたいだ。

「お疲れ様。どうしたのエリザ」

「なんでもない」

「なんでもないって顔じゃないよね。なんだったの？」

「……女を送ってきた。ご主人様がどれほどアンジェ様のことを大事にしてるのか噂で知ってるはずなのに、むかつく」

頬を膨《ふく》らませるほど怒りを露《あらわ》にするエリザ。

このあたりの話を、一度腹を割ってじっくり話したいという興味がある。

メイド・エリザ、そんな彼女が「アンジェ様」と呼ぶアンジェは、実は義理の姉妹という関係だ。

皇帝エリザ、の時はアンジェがエリザに懐《なつ》いている感じで、メイドエリザの時はアンジェ様とか奥様とかいってエリザがあれこれ世話をする格好だ。

複雑な関係を実際どういうふうに思っているのか、それに興味はある。

二重人格かもしれないという思いもあり、それはそれで面白いかもしれないと思った。

もちろん今は訊けない。突っ込んだ話が出来る状況じゃない。

部屋の隅っこにはリーチェとゼラ、部外者である二人がいるからだ。

だから私はメイド・エリザにねぎらうだけに留《とど》めておいた。

「ありがとうエリザ。キミがいてくれて助かったよ」

「ご主人様のメイドとして当たり前だから」

「それでもありがとう。さて」

来客が来て、エリザが応対に出たことで中断していた話を再開することにした。

普通のメイドなら止める必要はないが、皇帝エリザに直通するエリザにも聞いてもらおうと止めておいたのだ。

「これからどうするかなんだけど、まずは反乱を起こさせたいね」

「なっ！」

がたっ！　とリーチェが椅子を倒して立ち上がった。

「それでは帝国に！」

「ごめん言葉が足りなかった。王国の内乱を起こさせたいって意味だったんだ」

「ない、らん？」

勢いがしぼんで、そのまま首をかしげるリーチェ。

「うん。帝国に対しての反乱なら帝国が鎮圧せざるを得ないけど、王国の中の内乱なら、王国で勝手に処理して、ってなるでしょ」

「……あぁ」

「どうやらね」

言いかけた時、天井からスタッ、と一人の少女が降り立った。

私の影の中に住んでいる少女たちの中で、唯一《ゆいいつ》メイドではない人間。

魔眼を持ち、かつては闇の中に住んでいた暗殺者の少女。

ドロシーだ。

彼女は実にいいタイミングで戻ってきた。

「どう、ドロシー」

「武器と食糧はもう揃《そろ》ってる、姫の所在がはっきり分かれば動きだすって言ってた」

「そっか、ありがとうドロシー」

「ん」

ドロシーは微《かす》かに頬を染めて、短刀で影を斬《き》って、再び私の影の中に戻っていった。

「い、今のは？」

「別口で密偵《みってい》を放っていたんだ。どうやら反乱はもう弓につがえた矢、放たずにはすまされない状態だね」

「……」

黙り込んでしまうリーチェ。下唇を噛んで悔しそうにする。

私はこの状況を予想してたからそうでもないが、リーチェは悔しそうだ。

「だから、王国の内乱ということで事を起こして、ガス抜きして無難なところに着地させたいんだ。内乱なら鎮圧した後、陛下は関与しないし、乱を起こした人はキミたちが処遇を決められるよ」

「……わかりました」

少し迷ったが、こうするしかないことを悟って、リーチェは苦々しい顔で頷《うなず》いた。

「ということで」

私はリーチェをさらに見つめた。

今まで以上の真剣な顔で。

「しばらくの間、捕まってきて」

「え？」

「何を言ってるのですか！」

唖然《あぜん》となってしまうリーチェ。彼女の代わりといわんばかりにいきり立つゼラ。

私の言葉はある意味、「悪いが死んでこい」みたいに聞こえるものだったからだ。

もちろん、そんなつもりはさらさらない。

☆

翌日、王都の外。

来た時と同じ、アレクの自動馬車と、その前にずらりと並ぶ国王に文官と兵士。

「お世話になったね」

自動馬車の上から、アレクが国王をねぎらった。

「リンゴをもらっただけじゃなくて、護衛の兵士までつけてもらえるなんて」

「国父殿下の身の安全に勝ることはございません」

低姿勢で答える国王。

国王の命令で、アレクの自動馬車のそばに数十人の兵士が護衛している。

このまま帝国へ、皇帝にリンゴを献上《けんじょう》するまで護衛するためにつけた兵士だ。

「ありがとう、じゃあ」

アレクは手を上げて、自動馬車を翻《ひるがえ》して、王都から立ち去った。

アレクが立ち去ったからといって、すぐに国王たちも引き返せる訳ではない。

属国の人間として、アレクがいなくなるまで見送るのが礼儀なのだ。

それに則《のっと》って、馬車と兵士を見送っていると。

「陛下！」

王都の中から、武官らしき男が駆けだしてきた。

国王のそばに立ち止まった武官は汗だくで、何か急いでいる様子だ。

「どうした」

「姫様を……リーチェ様を捕らえました」

「まことか⁉」

表情が一変する国王。

その周りの文官たちもざわつく。

振り向く武官。

視線の先、後ろ手に縛られて、王都の中から連れ出されたのは、紛《まぎ》れもなくこの国の王女。

リーチェ・シルバームーンその人だった。

国王も、文官たちも。

喜色を露《あらわ》に、色めき立つのだった。

☆

王都から遠く離れたところで、リーチェが国王の前に引きずり出されるのを、エリザと二人で身を隠した状態で眺めていた。

「あれは？」

「今は本物のリーチェ姫」

「今は？」

聡《さと》いエリザはすぐに私の言葉に食いついた。

「うん、今は。説明するとね、あれは人間そっくりに作ったホムンクルスに、リーチェ姫の魂を入れたものなんだ」

「だから本物。そしていざって時は魂がこっちに戻れば」

「そう、ホムンクルスという真っ赤な偽物《にせもの》になってしまう」

私の言葉に、ノータイムでリレーのようにつなげるエリザの台詞《せりふ》。

エリザと交互に語り合うと、彼女はものすごく感心した顔をした。

「さすがですね、あんなふうに『ニセの本物』を作れるのはご主人様だけ」

「ありがとう」

「あっちの馬車は？」

「アメリアに僕のフリをさせてる、魔法で外側だけそう見えるようにした。道中で僕っぽく、いくつか事件に首を突っ込んで人助けをして、って言ってある」

「王国の護衛兵たちが伝書鳩になるってことね」

「そういうこと」

父親である国王に罵倒《ばとう》されるホムンクルスリーチェ。
鈴付きの護衛兵に守られて去っていく私の馬車。
これで条件が揃《そろ》った。
王国は、安心して反乱を始めるはずだ。
後は——王国内でせき止める対策だけだ。

07◆善人、被害を最小にする

A good man,Reborn SSS rank life!!

霊地フラジャイルから徒歩で半日くらい離れたところの、何もない草原。

王国が帝国に反旗《はんき》を翻《ひるがえ》す場合、軍が必ず通過するここに、私は一軒家の仮設住宅を建てた。

素材袋の材料を使って作った、１ＬＤＫ間取りの家。

雰囲気はテント、実際に住む感覚は民家。

そんな感じの家のリビングで、メイド・エリザのご奉仕でくつろいでいると。

「お待たせ」

シュタ、と天井からドロシーが跳び降りてきた。

天井を見上げた、私が建てたばかりの家で。

「穴とか、ないよね」

「ないよねえ。不思議だね」

給仕中のエリザと首をかしげ合った。

「報告」

古《いにしえ》のニンジャを彷彿《ほうふつ》とさせるような動きと淡々とした声で、ドロシーが報告する。

「王国軍出陣、総勢三千。こちらに向かってくる」

「そっか、やっぱり帝国に行くにはここを通るってことだね。ありがとうドロシー。すごく助かった」

「……」

ドロシーは無言で、しかし嬉しそうに頬を染めて、そのまま再び影に潜《もぐ》り込んだ。

「ゼラ」

静かな声でゼラを呼ぶ。

彼女は奥の部屋にいた。

ベッドの横に座っていて、心配そうな顔でベッドの上に寝かしているリーチェの肉体を見守っている。

リーチェの魂がホムンクルスに入って捕まって以来、ゼラは主の肉体をこうして見守り続けている。

「なんですか?」

「三千という数字だけど、どう思う?」

「どうって?」

首をかしげるゼラ。

「ご主人様、質問はもっとわかりやすくした方がいいかもしれない」

「そっか」

エリザとならこれで通じるから、ちょっぴり横着してた。

「三千は反乱軍の何割くらいになると思う？」

「ほとんどだと思います。千人くらい霊地に残してると思います」

「なるほど」

つまり全力か。

そうだ、念のため。

「エリザ、三千の反乱軍は帝国からしたらどう？」

今度はエリザ本人だから、またちょっと横着させてもらった。

「方面軍だけでどうとでもなると思うわ」

「なるほど」

敵にもならないって訳だ。

リーチェの危惧《きぐ》が正しかったわけだ。

そんな戦力差、帝国なら撃退ついでにじゃあ滅ぼすか、ってなってもおかしくはない。

やっぱりここで食い止めなきゃな。

私は立ち上がって、外に出た。

風に吹かれて波打つ草原の遥《はる》か彼方《かなた》に、うごめくレベルで何かが動いているのが見えた。

「あれが反乱軍か」

「どうするのご主人様？　倒してしまう？」

「僕が？」

「うん、ご主人様なら出来る……出来ない？」

「出来るけど、それはダメだね。国父《こくふ》・アレクサンダーが介入したってはっきり分かるのはダメだよ」

「すっとぼければいいよ」

「それで苦労するのはエリザだけど？」

「構わない――と言うと思う」

それはそれでどうだろうな、と思いつつ、賢者の剣を抜き放った。

「三千人か……ちょっと骨が折れるね」

「ご主人様なら余裕だと思う」

私を見つめながらそう言い切ったエリザ。

本当にそう思っているようであり、私を励ますようでもある。

彼女にかっこ悪いところは見せられないな。

私は賢者の剣を地面に突き立て、魔力を増幅。

自動魔トレをいったん止めて、全部の魔力をこっちに回す。

魔力がヒヒイロカネを通して、虹色の光となって拡散しだした。

「……むぅ」

人間の思考が流れ込んできた、重い。

ずしりと、熱い空気に全身を覆《おお》われたかのような感触。

その思考を誘導して、さらに別の相手の思考を書き換える。

完全にあり得ない、考えもつかなかったことに書き換えるのじゃない、思考を「ありえる」方向に誘導していく作業。

それを、一人一人――三千人分、順にやっていった。

途中で慣れてきて、二人まとめて誘導するようになった。

負荷が少し大きくなったけど、許容範囲内だ。

思考の誘導をまとめてやっていった結果、約一時間で全部が終わった。

「ふう……」

突き立てた賢者の剣に両手をついて、体重を預けて息をつく。

「お疲れ様、ご主人様」

隣からそっと、冷たいおしぼりが差し出された。

メイド・エリザの仕事はいつも完璧で、このおしぼりもちょうどいい具合に冷えてるものだった。

「ありがとう、楽になったよ」

「ご主人様、何をしたの？」

エリザは私を見て、遠くを見た。

進軍してきた反乱軍が、遠目ながら徐々に遠ざかっていく――

引き戻していくのが分かった。

「ちょっとね、思考を書き換えたんだ。霊地ブランジャイルに戻るように」

「そっか、そこを帝国の首都に思うようにしたんだね」

「ちょっと違う。それじゃ後々大変でしょ。みんなが口を揃《そろ》えて『帝都に攻め込むつもりだった』って言ってしまうと、皇帝陛下が対処に困るでしょ」

「……そうだね」

じゃあ？　って目で私を見るエリザ。

「思考をちょっと誘導した。実は霊地に残った人たちは捕まったリーチェ姫を主《あるじ》に仰ぐリーチェ派だった。ってね」

「うわ、ありがち」

「でしょ。そうなると、後方であり本拠でもある霊地をリーチェ派に持っていかれたくないから、引き返して霊地を確保しなきゃいけない」

「内乱になる訳ね」

「うん」

「さすがご主人様。あとは三千人の攻撃と千の防衛側。両方共倒れの全滅になったら万々歳だね」

「そこもちょっと思考を誘導した」

「どういうこと？」

「『リーチェ派とはいえ同胞だから、なるべく殺さないように戦わなきゃ』ってね」

「手加減するの？　どうして」

「全滅したらそれまでだからね、新しい反乱軍が作られないとも限らない。だったら、四千人分の足手まといになってもらおうかなって」

「そっか、負傷兵だと手当てするのに人を割くから」

「その先のことをやってる場合じゃなくなる」

頷《うなず》き、応じる私。

「すごいな……そこまで考えてたなんて。さすがご主人様」

これで予定通り、大量の足手まといが出る王国の内乱になる。

それで話が終わってくれればいいんだけど。

08 ✦ 善人、更に足手まといを倍プッシュ

A good man.Reborn SSS rank life!!

シルバームーン王国から遠く離れたところ。

帝国を挟んで、大陸の反対側に位置するイチチ山。

私はその「山」と戦っていた。

空を飛んでいる私に、山の一部が変形して見える「腕」がプレッシャーとともに殴《なぐ》りかかってきた。

賢者の剣を構える、真っ向から迎え撃つ。

鼓膜が破れそうな爆音が轟《とどろ》き、衝撃波が空を歪めた。

「さすがペインドラゴン……『山食い』の異名は伊達《だて》じゃないね」

感心する私。

ペインドラゴン、それは賢者の剣から聞き出した情報の、目の前にいる敵の名前だ。

元の姿は人間のサイズくらいの大蛇《だいじゃ》だが、その体はものすごく伸縮性があって、伸びて伸びて伸びまくった結果、山を一つ丸呑み出来るくらいになる。

そうして山を食って、数百年じっとしてそれを消化するという生き物だ。

その皮膚《ひふ》が今は欲しい。

ペインドラゴンがさらに攻撃をしかけてきた。

山に見える地面——つまり皮膚がボコボコと穴を開けて、そこから人よりも大きな毒液の玉が次々と打ち込まれてきた。

賢者の剣で防ぐ、打ち払う。

「うわっ」

賢者の剣はヒヒイロカネ製だからびくともしなかったが、打ち払った毒液が一滴だけ体にかかった。

するとみるみるうちに服が溶かされ、一秒もしないうちに毒が広がって、服の半分が溶かされた。

私はサッと服を脱ぎ捨てた、素材袋から即座に新しい服を作って着た。

すごい猛毒だ、触れればただじゃ済まないだろう。

魔力を高める、対物理障壁を強めに張る。

そうしながら賢者の剣を構えて、山そのものになったペインドラゴンと戦った。

さらに山が変形して伸びて、腕のように殴ってきた。

勢いはさっきのよりちょっと弱い、これならいける。

真っ向から打ち合わなかった。

賢者の剣で受けて、刀身を斜めにして受け流しつつ、するっと懐に入る。

一閃《いっせん》！

賢者の剣を真横に一文字《いちもんじ》、直径二〇メートルくらいにもなる腕を斬《き》り落とした。

斬られた腕はみるみるうちにしぼんだ。

土と岩と木の根っこを吐き出して、それまでの大きさがまるで嘘かのように、人の指くらいのサイズの皮になった。

ペインドラゴンの本体、ものすごく伸びる皮膚。

これこそが私が欲《ほっ》しているもの、ここに来た目的。

「もうちょっといるね」

ペインドラゴンの伸びる皮膚を素材袋にしまって、再び賢者の剣を構えて、山と対峙《たいじ》した。

☆

霊地フラジャイル、そこに入っていく荷馬車を遠くから眺めていた。

「ご主人様」

私のちょっと斜め後ろから声をかけてきたのはメイドのエリザ。

皇帝でもある彼女は、メイドとして振る舞いつつ、疑問に思ったことを訊《き》いてきた。

「あれは何ですか？　ご主人様が夜なべしてまで作ったものですよね」

「薬だよ、傷薬」

「傷薬？」

首をかしげるエリザ。

「そう、傷薬。それを防御の霊地側じゃなくて、攻めてる『反乱軍』側にも送った」

「毒なんですね」

「うん、ちゃんと傷薬、よく効くよ」

「はあ……」

首をかしげるエリザ。

なぜ私が両軍によく効く傷薬を送ったのか理解できないって顔だ。

そんな彼女に説明することにした。

「ドロシーに探ってもらった結果、僕の催眠魔法がよく効いてね、両軍はそろって負傷者を多く出している、それもほとんどが軽傷から重傷の間みたい」

「それは……大変ですね」

エリザは眉をひそめた。

皇帝エリザはある程度軍事的な判断が出来るように教育されてきて、本人も勉強をしてきた。

「そ、軍隊において一番やっかいなのが軽傷と重傷の間の人だ。軽傷なら手当てしてそのまま戦わせればいいし、重傷者は場合によっては切り捨てられる。悲しいけどね」

「治せる人から治す、そういう取捨選択が必要な時もあるって聞いたことがある」

私は頷《うなず》く。

「軽傷と重傷の間だとね。切り捨てる訳にもいかないし、かといって治そうとしたら時間もかかるし治すための人手もいる」

「それで加速度的に戦力が低下する——のは分かりますけど、だったらどうして薬を差し入れしたの？　しかもよく効くものを」

「良薬口に苦し」

「え？」

「あれはすごくよく効くけど、すごく痛みを増幅するんだ。エリザはすりむいた時、薬を塗ってしみた経験はない？」

「あります」

「それの百倍……ううん、一万倍くらい痛みが強くなる薬」

「うへえ……」

エリザはものすごくげんなりした。

想像するだに恐ろしい薬だ、作った私もちょっと身震いした。

「そこまで痛いとまあ暴れるね、そして暴れたら――」

「そっか！　助ける人とか治す人とかもケガする」

「そういうこと」

にこりと微笑む私。

両方にあの薬を送った、王国の民《たみ》が自発的な支援――というていで。

痛みがまして負傷者が暴れるが、でもよく効く薬だから使わざるを得ないだろう。

これで、さらに両方の戦力が下がる。

「さすがご主人様。一手で詰ませるなんてすごい」

エリザはものすごく感心していた。

普段よりも何倍もって感じで、本気で感心してるって顔をした。

多分上手《うま》くいくだろう。

さあ、仕上げだ。

09 ◆ 善人、救世主を作る

A good man,Reborn SSS rank life!!

霊地フラジャイル。

私はエリザとちょっと変装して、王国の都であるそこに潜入した。

二人とも普通の旅人風の格好をして、昼間で、内乱中ってこともあって、他に客がいない酒場の中にいた。

「いい国ね、穏やかで落ち着いてて、帝国と違う雰囲気がする。潰《つぶ》すのにはもったいないわ」

同じく変装したエリザ。

彼女は今メイドではなく、皇帝のお忍びモードだ。

故《ゆえ》に私にフランクな口調で話してきた。

「そうだね」

「属国だからといって締め付けたりはしなかったのに、それでも反乱が起こっちゃうのね」

「締め付けから解放されたらそういうこともある。あまり気にしない方がいいよ」

「……そうね」

エリザはため息をついて、切なそうに微笑んだ。

前も言ったけど、今回反乱が起きたのはエリザのせいじゃない。

前皇帝がかけた圧力をエリザが緩《ゆる》めたら、それまで抑圧された王国が積年の恨《うら》みを、とばかりに反乱を起こしかけたんだ。

エリザが気に病《や》む必要はない、むしろ。

「為政者《いせいしゃ》なら九割九分が先送りにするような案件をあえて解決しようとしたんだよ、エリザはもっと胸を張るべき」

「え、ええ……ありがとう」

表情が一変、頬を赤らめて恥ずかしそうな顔をした。

エリザはもじもじして、何か言おうと言葉を探すふうになった。

そこに。

「ぎゃあああああ！」

耳をつんざく、男の悲鳴がこだました。

一瞬でキリッとした表情に戻ったエリザ。

ガタッと椅子の音を立てて立ち上がる。

「あっ、大丈夫ですよお客様」

酒場の看板娘、人のいない昼間の店内を掃除してた彼女が慣れた様子でエリザを宥《なだ》めるように言った。

「なんなんですこの悲鳴は」

「最近すごく効く傷薬が出回ってるんですよ。それで傷を治すとすっごい痛いから、その痛みで今のような悲鳴を上げちゃうってこと」

「へえ。でもこんな悲鳴が上がるくらい痛いんなら使わなきゃいいのに」

「そうもいかないのよ。傷薬としてはすっごい効くの。目を矢で射貫《いぬ》かれた人は目が見えるようになったし、手をずぱっと切り落とされた人も手が元通りにくっついた」

「それはすごい」

「死ぬほど痛くても使う価値があるんだ」

説明を一通りして、エリザが座り直したのを見て、看板娘は掃除に戻っていった。

座り直したエリザは私をまっすぐ見て。

「さすがね」

とだけ言った。

「じゃあそろそろ次の段階に進めよう」

「どうするの？」

看板娘が店の奥に一旦《いったん》引っ込んだのを確認して、私は魔法を使った。

手を真横に出し、魔法陣を描く。

その光る魔法陣に手を差し込んで――引っ張る。

魔法陣から出てきたのは、目を閉じているリーチェだ。

「本物の方？」

「本物の方」

頷《うなず》く私。

今、リーチェは王国に捕まっている。

私が作ったホムンクルスに、リーチェ本人の魂を入れたものが、捕まっている。

今ここにあるのが、リーチェのオリジナルの肉体だ。

さらに魔法を唱える、ハーシェルの秘法を使った。

店の外から光るものが飛んできて、ノンストップでリーチェの肉体に入った。

しばらくして、リーチェがゆっくりと目を開く。

「ここ、は……」

「僕のことがわかる？」

「……はい、ということは、これは私の？」

「うん、本来の肉体」

「では？」

「うん、ちょっと耳を貸して」

素直に頷いたリーチェに、私は耳打ちして、次の行動を指示した。

☆

霊地の街中を一人で歩くリーチェ。

そのリーチェの影の中に、私とエリザが入っていた。

初めて他人の影の中に入るが、呼吸の出来る水中にいるような、ふわふわとした不思議な感覚だった。

「……ふーん」

「どうしたのエリザ」

「ううん、あなたの影の中と違うなってだけ」

「私の影の中？」

「うん、ちっとも気持ちよくならな……ううん、なんでもない」

「ふーん？」

何かを言いかけて、口をつぐんでしまうエリザ。

何となく言いたいことはわかるが、深くは突っ込まないことにした。

上を見た。

水の中でただようような感じで姿勢を変えて上の方を見た。

しずしずと歩く、リーチェの姿が見えた。

周りの人間がリーチェを見て、驚いている。

何人かは慌《あわ》ててどこかに走っていった。

「リーチェが捕まってるってのが知られてるみたいだね」

「そうみたいね」

多分報告とか密告とかに走った住民を無視して、リーチェはさらに進む。

しばらくして、大きな建物の前にやってきた。

独特の匂《にお》いと空気が漂う、病院だ。

街中でもたまに聞こえるが、病院の前にやってくると苦悶《くもん》と悲鳴が一際《ひときわ》大きくなった。

それに構わず、リーチェは病院の中に入った。

中は兵士だらけだった。

私が作って、遠回りして手配した傷薬を使って負傷した兵士たちの治療が行われていた。

薬はよく効くが、痛みをそれ以上に増してしまう。

そのせいで、戦時中の病院なのに「死」の匂いはまったくしないが、それ以上の悲鳴が飛びかう、世にも不思議な地獄絵図だった。

リーチェはつかつかと進み、あまりの痛みで気絶して、それでもビクビクけいれんしている兵士の一人に近づいた。

その兵士の横でしゃがみ、取り出した別の薬を塗り込む。

そんな彼女を見つけて。

「ちょっとそこのお前、何をしてる、余計なことをするな！」

まったくケガをしていない別の兵士がつかつか近づいてきた。

リーチェに近づき、追い払おうと肩をつかんだ瞬間。

「ひ、姫様⁉」

リーチェの顔を知っていたのか、兵士は彼女の出現に驚愕《きようがく》した。

驚きがたちまち、水を打ったかのように広まる。

「姫様だと？」

「本当だ、リーチェ様だ」

「馬鹿な、リーチェ様は捕まってるはずだぞ！」

あっちこっちから訝《いぶか》しむ声が上がった。

リーチェはそれに構わず、別の痛みに悶《もだ》えている兵士に近づき、再び薬をその兵士に使った。

「あれ？　痛くない？　痛みが消えたぞ！」

直前まで意識があって、痛みに悶絶していた兵士がいきなりピンピンしだした。

リーチェの使った薬によって。

さっきと違う驚きと騒ぎが、さっき以上の勢いで拡散していく。

その間、リーチェは黙々と兵士の痛みを止めて回った。

「あれってアレクが渡したものだよね」

影の中。

リーチェが使った薬についてエリザが訊《き》いてきた。

「うん」

「どういうものなの？」

「簡単に言えば痛み止め。あの薬で増幅した痛みだけをピタッと止めるんだ」

「そんなものを作ってたの？」

「うん」

エリザに説明しているうちに、痛み止めの効果が出始めた。

「おい！　痛みを止められるって聞いたんだが」

「リーチェ様！　こっちもお願いします！」

兵士たちがリーチェに群がった。

まるで救世主が現れたかのように、リーチェを崇《あが》めつつ、救いを求めた。

「そっか、これで兵たちはリーチェに傾く」

「うん、弱まった双方の兵を分け隔《へだ》てなく救いの手を差し伸べる救世主。兵が彼女のもとに集《つど》うように流れていくよ」

「さすがね。傷薬を作った時にここまで考えてたんだ」

「こういうのって、二手三手先まで考えた方がいいからね」

影の中、エリザがますます感心した。

「ダマされるな！」

外では、流れと違う展開になっていた。

兵士が一人立ち上がって、リーチェに向かって怒りの視線を向けている。

もはや救世主になりつつあるリーチェに怒鳴ったことで、病院内の視線がその兵士に集まった。

「こんなの！　お前の自作自演だろ！」

周りがざわざわした。

当たり前の疑いだ、それを疑う者が絶対出ると予想してた。

だから、リーチェに耳打ちをした時、対処法も吹き込んでた。

リーチェは静かに、落ち着いた感じで言った。

「自作自演っていうのは、私が『完治するけど痛みがひどい薬をつくった』ことを言ってるの？」

「ああ！」

「どうしてわざわざそんなことをするの？　私が捕まった後に薬を作ることは出来ないし意味もない」

「うっ」

さらに、ざわざわ。

一瞬だけリーチェに向けられた疑いの空気が吹っ飛んだ。

「たしかに姫様の言うとおりだ」

「俺なら毒作るね」

「だよなあ」

そのざわつきの中、リーチェが傷薬——私が最初に作った痛みが増える方の傷薬。

病院に大量にあるやつを、リーチェが手にとった。

「これは私が大昔に作ったものよ」

ざわざわが広がる、今度は混乱だ。

「未完成のまま止めてあったものなの」

「な、なぜそのような」

一番近くにいる、別の兵士がおそるおそる訊いた。

「それは、完成するのが少し大変だからよ」

リーチェはそう言って、爪《つめ》で自分の手のひらをひっかいた。

深くつけられたひっかき傷から赤い血が流れる。

リーチェはその血を、痛みが出る方の傷薬に塗り込んで、混ぜた。

薬が光る、血が馴染《なじ》んで、別物に変化する。

リーチェが持ち込んだもの、痛みのしない傷薬に変わった。

リーチェはそれを、近くにいる治療待ちの兵士に使う。

「な、治った！　それに……痛くないぞ！」

「「「おおおおお⁉」」」

歓声が病院全体を包んだ。

「こんなふうに、私の血を混ぜることで完成するもの、だから多く作れなかった。そのかわり直前のものを多く作って保管して、必要な時に持ち出して使うようにしたの」

「なるほど」

「お茶みたいなもんか、作って保存して、お湯で淹《い》れて飲む」

「お前それ失礼だろ！」

「だが合ってる」

周りは納得していった。

「それを、私が捕まっていたから、未完成のまま持ち出された」

「「「あー……」」」

さらにさらに、納得していく兵士たち。

そんな兵士たちを、リーチェはまっすぐ見つめ。

「その、責任を取りに来たの」

次々と納得していく兵士たち。

病院の中、リーチェを疑う空気が完全に、かけらもなく消え去った。

それを見て、エリザが。

「ここまで考えて、彼女を捕まえさせてたの？」

「うん、二手三手先まで読んだ方がいいんだ。賢者の剣が言ってたけど」

私は苦笑いする。

あまり認めたくない類《たぐい》の知識だ。

「人間って、話が複雑になりすぎると、一番最後に納得したことを真実に思うらしいよ」

「その通りね」

それを、エリザはあっさり認めた。

皇帝である彼女はそれを実感しているのかもしれないな。

☆

こうして、捕まっていたリーチェが救世主として降臨し。
傷ついた両軍の負傷兵たちが、リーチェを中心に急速にまとまりだした。

10✦善人、善行度がカンストする

A good man,Reborn SSS rank life!!

霊地フラジャイル、黄金林檎《りんご》の木の下。

極秘の話だからと、部下を全部下がらせた女王リーチェと二人っきりになった。

「ありがとうございます」

最後の一人の兵士がいなくなった後、リーチェは私に深々と頭を下げた。

リーチェが立ち上がってから一カ月。

私は王国に留《とど》まったが、静観を保って何もしなかった。

リーチェが救世主や象徴として立ち上がった後、事態は急速に収まっていった。

元々民《たみ》というのは素直なものだ。

生活さえ改善できれば積極的にその現状を変える必要はない。

エリザの即位後、王国の民の生活は大きく改善した。

それで王国の王族たちは余力があって伝統と誇りという建前のために反旗《はんき》を翻《ひるがえ》したが、民が
それについていく理由がほとんどない。

兵と民の命をチップに戦争を起こす国王たち。

兵と民の命を救って今までの生活を保とうとする王女。

民がどっちにつくのかは火を見るよりも明らかだ、ほとんどがリーチェを支持した。

「国はもう大丈夫?」

「はい、父上には退《しりぞ》いていただきました。他の王族たちについても同じです」

「そっか。それはよかった」

「本当になんとお礼を申していいのか……」

リーチェの表情が冴《さ》えなかった。

「まだ何か不安要素があるの?」

「いいえ、そういうことではなく。本当にお礼のしようがないと思ったのです」

同じ言葉を二度繰り返したリーチェ、私は首をかしげた。

「それってどういう意味?」

「あなたのおかげで、帝国に反乱を起こした場合に比べて、被害が一万分の一以下に抑えられました」

「いいことだね」

「助かった命は数知れない。それに見合うお礼、お返しできるものがないのです」

「気にしないでいいよ。民が助かっただけで充分なんだから」

「はい……」

リーチェは冴えない顔のままだった。

責任感が強い性格なのかな、何かさせてあげないと逆にずっと気に病《や》み続けるかもしれない。

かといって、私はさっきの「ありがとう」ですでに充分すぎるお礼をもらったと思ってる。

どうしたものかな。

「ご主人様、よろしいでしょうか」

「うん、なんだいエリザ」

私の許可を得て、メイドのエリザが影の中から出てきた。

「提案があります」

「提案って、僕に？　それとも彼女に？」

「両方です」

「そっか。じゃあ言ってみて」

許可して促《うなが》すと、エリザはまずリーチェの方を向いた。

「ご主人様へのお礼はあなた自身でいいと思います」

「私、ですか？」

「はい、もちろん一般的な意味で」

エリザが言うと、リーチェは顔を赤らめた。

自分自身がお礼で、一般的な意味。

体がお礼。

そのことをリーチェが正しく認識して、それで顔を赤くした。

私は苦笑いしつつ、成り行きを見守った。

「それは考えましたが、私の体一つではとても足りないくらいのご恩です」

「あなたは今や女王、女王がはしための如《ごと》く侍《はべ》れば価値はあります」

エリザの言葉にますます苦笑いした。

その説を、世界中で彼女以上の説得力を持って言える人はいない。

「ですが……」

「ですが?」

リーチェはちらっと私を見て。

「男の人は、若い女の子が好きだと聞きます」

「……そうでしたね」

エリザが一瞬虚を突かれたかのように目を丸くした。

リーチェの実年齢。彼女の言葉からそのことを思い出したのだ。

私も割と忘れていた。

霊地の力で若さを保ち続ける王族の血、その恩恵を受け続けて若さを保っているが、実年齢が二五六歳の少女。

前世の記憶を持っている私よりもさらに年上だ。

「ずっと霊地に籠《こ》もったままなので世間知らずなのです。二五六歳なのに世間知らずでそういうことの経験も知識もない。そんな私では……」

消沈《しょうちん》するリーチェ。

悩む理由が、いつの間にか自分の価値ということに変わっていた。

エリザがちらっと私を見た、そっと目配せしてきた。

道は作った、後は仕上げだけ。

そう言われた気がした。

自分自身がお礼というのは若干《じゃっかん》どうかと思うけど。

今はまず、リーチェを安心させることが先決だ。

「リーチェ」

「は、はい」

「リーチェは魅力的な人だよ」

「え？」

「僕がもう少し大人になったら、お願いできるかな」

「――はい！」

さっきまで困って、落ち込んでいたリーチェが、一変してものすごく嬉しそうな顔をした。

☆

カーライル屋敷に戻る自動馬車の中、私とエリザの二人っきり。

王国のこともあって、その足で都に戻るエリザはメイドじゃなくて普通の格好だ。

故《ゆえ》に、口調も話す内容もお忍びの皇帝のものだった。

「シルバームーンみたいなのがもっと起きないかしら」

「どういう意味？」

「周りに属国がまだいくつもあるの」

「そういえばそうだね」

「それが全部アレクに降ると、少なくともアレクが生きてる間は平和が続くのよ」

「僕に降ったわけじゃないよ？」

「二五六年間純潔をこじらせた女、初めての男に生涯ぞっこんになること間違いなしだわ」

「そういうものなのかな」

女性の思考は分からないけど――。

「そういうものよ」

「そっか」

「その調子で残りの属国全部をアレクのものにしてくれたら助かるわね」

「なるほど、そういう意味だったんだ」

エリザの言いたいことが分かった。

確かに、この先他の属国で同じことが起きる可能性が充分にある。

それを私に全部なだめろというのだ。

まあ、エリザに言われなくてもするつもりだ。

リーチェは言った、私のおかげで被害が一万分の一以下に抑えられた。

私が介入してそうなるのなら、他の属国にもタイミングが来たらそうするつもりだ。

「頼むわね」

「うん、任《まか》せて」

エリザは一瞬だけ顔を赤らめた。

「その後が大変だけど、今から考えればどうにかなるかな」

「大変って何が?」

「リーチェと同じよ。属国を全部なだめたアレクに与えてやれる褒美《ほうび》が見つからないわ」

リーチェの「感謝」と違ってナチュラルに「褒美」と出たのは皇帝エリザならではだが、話は同じだ。

「それこそ気にしないで」

「わ、私をあげるしかなくなるわね」

「皇帝陛下相手だと恐れ多すぎるよ」

「……別にいいのに」

何かをつぶやいたエリザ、車輪の音にかき消されて聞こえなかった。

何を言ったのか訊《き》き返そうとしたその時。

目の前に光が溢《あふ》れて、馬車の中を満たした。

「何事！」

「エリザ！　私の影の中に戻って！」

何者かの襲撃。

そう推測した私はエリザを最も安全な場所に匿《かくま》うことにした。

エリザは素直に従って、私の影の中に入った。

私は賢者の剣に手をかけて、いつでも反撃出来る体勢に入る。

しばらくして、光が収まって。

「あれ？　天使様」

私の目の前にいたのは、かつて生まれ変わった時、そして神格者になった時に関《かか》わったあの天使だ。

彼女は馬車の中、私の向かいに座ってて、ものすごく困った顔をしていた。

「どうしたの？」

「お願いがあって来たの」

「何？　僕に出来ることならなんでも協力するよ？」

なんの話か分からないが、彼女の表情はただごとじゃない。

困ってる人（天使だけど）は見過ごせない。

「今すぐ、死んでくれる？」

「え？」

いきなりのことにきょとんとする私。

「今すぐ死んでって……どうして？」

「それか悪いことをして。欲望の赴《おもむ》くままに」

「理由を教えてくれる？」

「あなた、今回のことを数万人の命を未然に救った。ものすごい善行よ」

「うん」

そのことをまるでまずいことのように話す天使。どういうことだ。

「このままだと、あなたが死んだ後の審査が大変。次の人生で与えられるものがもうないの。神様でもまだ足りない。創造し――ううん、それはだめ」

首を振る天使。

とんでもなく口はばったいことを言いかけてしまった、そんな顔をした。

「このままじゃまずいの」

世界が、と、天使が蚊の鳴くような声でつぶやいてから。

「だから、今すぐ死ぬか、善行をかき消すくらい欲望の赴くままに生きて」

懇願《こんがん》されて、ようやく話が理解した。

なんか、ものすごいことになってきたぞ。

書籍版書き下ろし
善人、虐げられても報われる

A good man,Reborn SSS rank life!!

月がなく、風が吹きすさぶ夜。

村人が皆、自宅に閉じこもってぬくもりを享受《きょうじゅ》している中、その男は単身行動していた。

村が合同でやっている、大規模な牛舎に忍び込んだ。

牧歌的でのどかな農村だ、見張りはいなく、男は簡単に忍び込めた。

忍び込んだ男に気づいて、牛の一頭が「モオォォ」と静かに鳴いた。

村人によって愛情を注がれて育った牛は、人間に対し親しみを感じ、信頼している。

男が潜入してきても、牛は小さく鳴いただけだった。

農家の人間は牛の鳴き声で異変を察するというが、この程度の鳴き声では異変にはならない。

潜入した男はほっと一息ついた。

「これなら邪魔が入らないいな」

男は深呼吸した。

目を閉じて息を大きく吸い込んでから、カッと見開く。

その目には、決意が灯《とも》っていた。

男は自分の荷物から瓶を取り出した。

透明の液体が入っている瓶だ。

その瓶のふたを開けて、牛たちの飲み水にその液体を注ぐ。

ここにいるのは大半が乳牛だ。

乳牛は大量の乳を出すから、その分肉牛よりも遥《はる》かに水分が必要になる。

夜、牛舎につながれている時も、水は切らさないように、牛たちの近くに大量の水が用意されている。

その水の中に、男は透明の液体を混入した。

すると、牛たちが蜜に誘われた蜂の如《ごと》く、異物の混入した水を飲み始めた。

男は静かに待った。

牛たちが水を飲んでいくのを。

最初はなんともなかった。

牛たちは普段よりも激しい勢いで――まるで甘露《かんろ》の如く水を飲んでいくだけ。

異変が起きたのは、十分程度経過した頃。

牛が一頭、また一頭と、バタバタと倒れ始めた。

泡を吹いている訳でも、苦痛に顔を歪《ゆが》めている訳でもない。

全頭が、安らかな眠りに落ちている、そんな光景だ。

男は牛舎の中を歩いて回った、牛たちの様子を確認した。

全頭が安らかに眠っている――自分が混入させた睡眠薬がしっかり効いていることを確認した。

「……よし」

頷《うなず》いてから、今度は刀を抜き放った。

厚みのある、包丁のお化けのような刀だ。

それを男は、一頭の牛めがけて振り下ろした。

抵抗することなく、呻《うめ》き声すら上げられずに、牛の首が切り落とされた。

胴体がけいれんし、首が泣き別れする牛を一瞥《いちべつ》だけして、男は別の牛のもとに向かった。

そして同じように、刀を振り下ろして牛の首を切り落とす。

次々と、男は牛を屠っていった。

「な、何をしている⁉」

「――ッ！」

背後から声が聞こえた。

牛舎の入り口に、明かりを持った農民が驚愕《きょうがく》する表情で立っていた。

「くっ！」

「だ、誰か！　誰か来てくれ‼」

農民は大慌《おおあわ》てで応援、助けを呼んだ。

男は苦虫を噛み潰《つぶ》した表情で、牛を殺すペースを上げた。

さっきまでの鋭く、精密だった斬撃ではなく、速度重視の荒々しいものに変わった。

すると当然、呻く牛も出てくる。

それでも、男は構わず牛を次々と斬《き》っていく。

全頭を斬り殺した頃になると、牛舎の外が殺気立って、騒がしくなってきた。

男は牛舎の中を見回した。

全頭の死亡を——首と体が泣き別れしていて確実に死んでいることを確認してから、男は牛舎に火を放って、外に飛び出した。

「そいつだ！　そいつが牛を殺した」

「なんてことだ！　火までつけているぞ！」

「早く火を消すんだ！」

農民たちの言葉を聞いて、逃げ出すつもりだった男はその場にとどまった。

「火は消させない」

そう言って、血染めの刀を構えて、牛舎の入り口に立ち塞《ふさ》がった。

徐々に燃え盛る炎に照らし出される男の横顔。

返り血を浴びた顔に、血染めの刀、それは善良な農民たちを——力仕事にこそ慣れていて体格はいいものの、荒事になれていない農民たちを威嚇《いかく》するのに充分だった。

男に気圧《けお》されて、動きを止められている間も、牛舎の火は回り続ける。

やがて柱が倒れ、屋根が崩れ落ちた。

尻目にちらっとそれを見た男は、もはや火を消し止めることは不可能だと知ると、刀を納めて逃げ出した。

「に、逃げたぞ！」

「追え！　捕まえろ！　お役人さんに突き出すんだ！」

農民は我に返り、怒りの矛先《ほこさき》をすべて向けて、男を追いかけた。

男は、必死に逃げた。

「まだ……死ぬわけにはいかない」

☆

「はい、魂ナンバー1959687436。シー・アーチンさんですね」

「ここは、一体……」

男は周りを見回した、すると自分の「体」も目に入った。

自分には既《す》《で》に肉体はなく、魂のみでふわふわと浮遊している存在。

周りにはそんな魂が多くいて、整然と並んでいる。

「ああ、私は……死んだのか。ではここがあの世なのだな」

男はそうつぶやき、目の前にいる、大勢の魂とは違う存在を見た。

天使と呼ばれる者たちは、男と同じような魂を次々と相手している。

「そうです、理解が早くて助かります。ではこれから最後の精算に入りますね。えっと……わお、牛を十二万頭も殺したんですか。すごい数ですね」

「牛殺しのシー・アーチンって呼ばれてたよ、途中から」

男は苦笑いした。

「ふむふむ、牛殺し以外は……あっ、医者だったんですね」

「そうだ」

「そっか、まあそれなら差し引き……ってあれ？」

男の人生の精算をしていた天使が不思議そうな顔をした。

「なんでこれでSランクなんだろ……」

「どうした？」

首をかしげているところに、別の天使がやってきた。

「あっ、これ見てくださいよ。この人、牛を十二万頭も大虐殺したのに、何故《なぜ》かSランク判定が出たんですよね。医者でよっぽどすごい数の人を助けたんでしょうか」

「ふむ……」

別の天使も男の実績を見つめ、首をかしげていた。

「分からん。こういう時は本人に聞いてみるのがいい」

「そうですね。あの、何か心当たりはありませんか？」

「心当たり？」

「はい、良いことをした、という」

「……」

男はふっ、と皮肉げに笑った。

「良いことなのかどうかは分からないが、私が処分した牛はすべて、病《やまい》にかかっていた」

「病気ですか？」

「そうだ、名前はない、新種の病気だ。放っておけば人間にうつってしまい、脳がぼろぼろになってしまう病気」

「た、大変じゃないですか。治し方は？」

男の真に迫った口調と、語られる事態に引き込まれて、天使は慌ててそれを訊《き》いた。

「ない」

男は首を振った。

「それ以前に、牛から伝染していることを、まだほとんどの人間は知らない。説明しても信じてもらえなかった」

「あっ、だから牛を殺して回ったんですね」

「そうだ。死んだ牛の肉を食べても伝染する。だから殺したあと、毎回火をつけて燃やし尽くした」

「なるほど、だからなんですね」

「……お前、そのことを文書に残したか？」

後から来た天使が、顎《あご》を摘《つ》まんで考えたあと、男に訊いた。

「もちろん。医学の歴史はいつも同じだ。最初は理解できずとも、次第に真実が解き明かされていく。そのために私の研究の結果をちゃんと形にして残した」

「だからSなんだな」

「そっか！　対症療法だけじゃ、普通はA止まりだもんね」

頷《うなず》き合う天使たち。

伝染病を現場で防ぐために牛を殺して回った実績でA判定、残した資料で、後世の研究・対処法がスムーズにいった功績を加えてS判定。

天使たちは、男の査定をようやくすべて理解した。

最初に男を担当した天使が、居住まいを正して、男に振り向く。

「はい、というわけで、あなたの善行が認められて、Sランクになりました」

「みとめ……られた？」

男は言葉に詰まった。

感極まった。

何もしゃべれずにいても、天使は急《せ》かすことなく、じっと待ち続けた。

毎日、数千数万人の死に触れてきた天使は、男のようなタイプをそこそこ見てきている。

生きている間にまったく理解されず、時には迫害を受けてきた。

男はその中でもさらに悲惨な部類に入る、迫害の果てに刑死したパターンだ。

そうやってようやく認められた男が感極まるのを、天使は邪魔しなかった。

「……ああ、すまなかった」

やがて、男は落ち着きを取り戻す。

「いいんですよ」

「それで、あの疫病《えきびょう》はどうなりますか？」

「あなたがSランクに認定されたのですから、あなたの残したもので、病気の対策ができると思いますよ。こういう場合って」

「そうか……それはよかった」

男はほっとした。

今日は人生最良の日かもしれない。

自分で決めたこととはいえ、理解されずに長く迫害を受けてきたのはつらかった。

それが認められただけではなく、死ぬ気で――文字通り死ぬまで取り組んできた疫病も解決できると知って、医者である彼はほっとした。

「ありがとうございます、もう、大丈夫です」

「そうですか。では話の続きを。あなたがSランクに認定されたので、その次の人生ですけど……あっ」

話を進めようとした天使が止まった。

「皇帝はちょっと埋まっちゃってるか。どうしようかな」

「この、長命種の国の女王なんてどうだ？」

ずっと横で眺めていた、後から来た天使が提案した。

「あれ？　でもここって属国だよね。普通はAランクじゃないの？　ここの国王は？」

「このタイミングで長命種に生まれると、二五六年後に運命の出会いがある」

「本当だ！　そっかそれでS――というわけで、女王はどうですか？　なった後のことも保証される、いい人生ですよ」

「ああ、異論はない」

男静かに頷いた。

彼にとって、女王かどうかは重要ではなかった。

やってきたことが認められて、その先のことも保証されているとなれば、医者としての彼はすべてが満たされるほどの充実感を覚えていた。

もはやすべてが余禄《よろく》と言っていい。

たとえここで「牛に転生しまーす」と言われても、彼はそれほど気にはしないだろう。

「そうですか、じゃあこれ飲んで、こっちの穴に飛び込んでください」

男は穏やかな表情のまま、受け取ったものを飲み干して、言われたとおり穴に飛び込んで、転生していく。

「では、良い人生を――リーチェ・シルバームーンさん」

☆

善人は報《むく》われる、悪人は報いを受ける。

行いに応じて、次の人生が決まる、そんな世界。

男は多くの牛を殺した。

まわりに理解されずに、自分がよかれと思い、病原体となる牛を次々と殺していった。

それによって迫害を受けても、地位を追われ、名誉のすべてを剥奪《はくだつ》されても、男はそのことを貫《つらぬ》き通した。

現世で理解されない善行であっても、報われない行いであっても。

次の人生では、完全に報われる。

見逃されることなく報われる。

それがこの世界の変わらないルール。

牛を十万殺し、人間を百万救った後。

次の人生で、最高の出会いと幸せが約束されていた。

あとがき

人は小説を書く、小説が書くのは人。

皆様お久しぶり、あるいは初めまして。

台湾人《たいわんじん》ライトノベル作家の三木《みき》なずなでございます。


この度《たび》は『善人おっさん、生まれ変わったらSSSランク人生が確定した』の第五巻を手にとって下さりありがとうございます！


まずは、伏して皆様に御礼《おんれい》申し上げます。

四巻の売り上げが出版社の営業部門も注目するほどの好成績であったため、こうして、皆様に第五巻をお届けすることが出来ました。

商業出版で続きが刊行できるのは一〇〇パーセント、皆様が買って下さったおかげでございます。

こうしてまた、アレクたちの物語を書き続けられる機会をいただけたこと、を衷心《ちゅうしん》より感謝申し上げます。

さて、今回の第五巻も今までの『善人おっさん』とまったく同じテイストの内容となっております。

買い続けて下さった皆様に報《むく》いるために作者が出来ることはただ一つ。

同じコンセプトで、より質の高い作品をお届けすることだと考えます。

読者の期待には応《こた》える、作者の意地で変なことはしない。

乳首券はあるだろうという期待なら、乳首券は大量発行した——というふうにするのが、自分の目指す作家のありようです。

なので、今回もコンセプトはまったく同じです。

善人だった人が、生まれ変わったらいい思いをする。

記憶を持って生まれ変わったので善人のまま、なのでますますいい思いをする。

そのコンセプトはまったく変わりません。

ただ、報われ度と物語のスケールがすこし大きくなるだけです。

ですので、今回も安心してレジまでお持ちいただければ幸いです。

最後に謝辞です。

イラスト担当の伍長《ごちょう》様。今回のエリザもバッチリでした！　アレクもだんだんとかっこよさが増してきて惚《ほ》れ惚《ぼ》れします。

コミック担当ゆづましろ様。マンガで可愛く動いているみんながいつも楽しみに読んでます。

担当編集T様、今回もあれやこれやと色々ありがとうございました。

ダッシュエックス文庫様。五巻の刊行機会をくださって本当にありがとうございます！

本書を手に取って下さった読者の皆様方、その方々に届けて下さった書店の皆様。

本書に携《たずさ》わった多くの方々に厚く御礼申し上げます。

次巻をまたお届けできることを祈りつつ、筆をおかせて頂きます。

二〇一九年十一月某日　なずな　拝

ダッシュエックス文庫

善人おっさん、生まれ変わったらSSSランク人生が確定した5

三木なずな

2020年1月29日　第1刷発行

★定価はカバーに表示してあります

発行者　北畠輝幸
発行所　株式会社　集英社
〒101-8050　東京都千代田区一ツ橋2-5-10
03(3230)6229(編集)
03(3230)6393(販売／書店専用) 03(3230)6080(読者係)
印刷所　株式会社美松堂／中央精版印刷株式会社

ISBN978-4-08-631352-0 C0193

ダメです
防げません…！
エリザ様
早く避難を！
ええ…でも
アレクが
いるのだから
大丈夫
アレク
頼みます！
アレク
あぶな
わあ！
アレク様
見てください
水草が咲きました！
これは珍しい！
アンジェ様の魔力は
回復属性なのですね
次は
アレク様です
こくり
はい
マンガでも、善人は、
そんな…！
一瞬で
消し飛んだ…！
やはり
アレク様の魔力は
僕は
SSSランクの
善人おっさん、生まれ変わったらSSSランク人生が確定した
原作／三木なずな
漫画／ゆづましろ　キャラクター原案／伍長

ニコニコ漫画×水曜日はまったりダッシュエックスコミックで
大好評連載中!!!
超必ず報われる！
おはよう アンジェ
今日から魔法の授業だね
あれだけの量を…！
アレク様の魔力はもしや…
彼女は準男爵家の娘 アンジェリカ＝シルヴァ
私の許嫁だ
でも アレク様のお役に立てるようにがんばりますねっ
世界最強なのでは…!?
恩 S こ
1986397479
500年ぶりに出ちゃいました!!
SSS
ぷるっ
そんな…信じられません！
善人おっさん、生まれ変わったらSSSランク人生が確定した
三木なずな
ゆづましろ
伍長
①
コミックス①巻絶賛発売中！

コミカライズ絶好調連載中!!!
これ…すごいですよ!!
よし！それで行く!!
全能力777倍!!
『俺は、この世界で
くじ引き特賞 無双ハーレム権
Grand Prize Unrivalled HAREM TICKET
三木なずな
長谷見亮
777
コミックス①～②巻
大好評発売中！
原作／三木なずな（GA文庫／SBクリエイティブ刊）
漫画／長谷見亮　キャラクター原案／瑠奈璃亜

三木なずなが贈る、
大ヒットチートハーレムストーリー
ニコニコ漫画×水曜日はまったりダッシュエックスコミックで
どうぞ
ハーレムを作る！』
くじ引き特賞：無双ハーレム権《くじびきとくしょう：むそうはーれむけん》
Grand Prize: Unrivalled HAREM-TICKET
もふ…
ふかふかそうだなぁ…
もふもふしたいなぁ…

ダッシュエックス文庫

善人おっさん、生まれ変わったらSSSランク人生が確定した
三木なずな
イラスト／伍長

善人おっさん、生まれ変わったらSSSランク人生が確定した2
三木なずな
イラスト／伍長

善人おっさん、生まれ変わったらSSSランク人生が確定した3
三木なずな
イラスト／伍長

善人おっさん、生まれ変わったらSSSランク人生が確定した4
三木なずな
イラスト／伍長

前世が善人すぎた男の次の人生は、SSSランクの幸せが確定！　貴族の子として賢く強く、すべてが報われるサクセスライフ!!

前世の善行により、神に匹敵する勝ち確定人生に転生したアレク。悪魔を天使に、邪神を女神に!?　膨大な魔力で、みんなを幸せに！

神の金属と賢者の石で最強の剣を作り、事件の続く温泉街へ！　帝国の歴史的事件も解決し、美女と武器を手に入れますます最強に!!

最高のサクセスライフに前世が聖女の娘が加入!!　さらに暗殺を企てた幼女の魂を救ったら、アレクのアレのすごい機能がわかって!?